길 위에서

한반도와 산티아고 2,200km를 걷다

길 위에서

한반도와 산티아고 2,200km를 걷다

초판 1쇄 인쇄일 2016년 1월 29일
초판 1쇄 발행일 2016년 2월 03일

지은이 주중현
펴낸이 양옥매
편집 손지혜
디자인 황순하
교정 조준경

펴낸곳 도서출판 책과나무
출판등록 제2012-000376
주소 서울특별시 마포구 월드컵북로 44길 37 천지빌딩 3층
대표전화 02.372.1537 **팩스** 02.372.1538
이메일 booknamu2007@naver.com
홈페이지 www.booknamu.com
ISBN 979-11-5776-157-9(03810)

길 위에서

한반도와 산티아고 2,200km를 걷다

주중현 지음

책과나무

Contents

걷기, 나를 비우고 다시 태어나는 시간

마음이 지칠 땐 두 다리로써 나아가라

걷기,
나를 비우고 다시 태어나는 시간

"그저 묵묵히 걷다 보면 이 세상이 잠잠해지고 오직 내 거친 숨소리와
심장박동만이 들려오는 것 같다. 내 발은 길을 밟으며 걷고 있는데 어
느 순간 걷고 있다는 감각마저 사라져 버리는 것이다. 그것은 온몸으
로 바치는 기도라고 할 수 있다. 땀이 눈물처럼 흘러내리고 몸이 만신
창이가 될수록 머릿속은 한없이 맑고 고요해졌다. 땀과 함께 노폐물
들을 흘려보낸 혈관에 새로운 피가 돌고, 삶을 향한 열정과 사랑이 가
슴을 가득 채웠다."

내가 태어난 해는 갑오년이다. 자신이 태어난 갑자는 60년에 한 번씩 돌
아온다. 그래서 환갑을 맞으면 다시 1살을 먹는다고 할 수 있다. 작년에 환
갑을 기념해 아내와 함께 전국 1,400km를 걸었다. 뜨거운 여름 햇살 아래
굵은 땀방울을 흘리며 걷는 동안 참 많은 것을 버렸다. 그렇게 낡은 것을 비
워 냄으로써 새로움을 얻게 되었다. 올해는 2살을 맞이하여 스페인 산티아
고 800km를 걸었다. 그 길 위에서 나는 다시 한 번 새로워졌다고 믿는다.

독수리의 수명은 약 40년이다. 그 정도 산 독수리는 발톱이 낡고 부리가 구부러져서 더 이상 사냥을 하지 못한다. 사냥을 하지 못하는 맹수에게 남은 것은 죽음뿐이다. 그런데 드물게 70년을 사는 독수리도 있다고 한다. 바로 '특별한 선택'을 한 독수리들이다. 그런 독수리는 높은 곳에 둥지를 틀고 부리를 바위에 찧는다. 구부러진 부리가 빠지면 새로운 부리가 돋아난다. 부리가 다 자라면 무뎌진 발톱과 낡은 깃털을 모조리 뽑아 버린다. 고통스러운 사투를 벌인 뒤 새 부리, 새 발톱, 새 깃털을 얻게 된다. 그렇게 낡은 자신을 버리고 다시 태어난 독수리는 30년을 더 산다.

삶의 어느 기점에서 우리도 독수리와 같은 선택을 해야 한다. 내 경우 환갑이 그 기점이었다. 환갑을 앞두고 나는 제2의 인생을 살기로 결심했다. 하지만 낡은 몸, 낡은 생각, 낡은 습관으로 가득 찬 존재가 어떻게 새로워질 수 있을까. 전면적인 자기 혁신이 필요했다. 내가 혁신의 방법으로 선택한 것이 '걷기'다.

우리 몸은 오래된 집에 비유할 수 있다. 오래된 집은 손볼 곳이 많다. 수도관, 보일러 배관, 전선 들은 여러 가지 원인으로 녹슬고 고장 나 있을 것이다. 그것을 교체하거나 손보지 않으면 누수와 누전 등으로 살 수 없는 공간이 된다. 20년 된 집만 해도 손볼 곳이 많은데 60년 동안 사용한 우리의 혈관은 어떤 상태일까? 나쁜 환경에 노출된 채 쉬지 않고 사용해 온 혈관들의 상태는 좋을 리가 없다. 콜레스테롤이라는 혈전 덩어리들이 혈관에 달라붙어 내관이 좁아져 있을 것이고, 그것은 고혈압, 당뇨병과 같은 성인병의 원인이 된다. 치매, 중풍, 파킨슨병 등도 피가 원활하게 돌지 않아서 생기는 혈관질환이다. 집수리처럼 우리 몸속 혈관들도 교체할 수 있다면 얼마나 좋을까. 하지만 그건 불가능한 일이다.

건강한 삶을 영위하려면 피를 제대로 순환시켜야 한다. 또 스트레스를 줄여야 한다. 그날 받은 스트레스를 그날 풀지 않으면 그것이 누적되어 혈관에 영향을 준다. 스트레스에 가장 큰 타격을 받는 기관은 소화기관이다. 스트레스는 독과 같다. 뇌에서 독 물질이 흘러나오면 위에 영향을 미쳐 위염을 일으키고, 그것이 장기간 누적되면 위궤양, 위암으로 발전한다. 이는 내가 박사 논문을 준비하며 직접 확인한 사실이다. 6~7마리의 쥐를 일주일간 스트레스 상태로 만든 뒤 위를 해부하는 실험을 진행했는데, 정도의 차이는 있었지만 모든 쥐의 위가 헐어 있었다. 스트레스가 우리 몸에 그만큼 나쁘다는 증거다. 또 스트레스는 심장에도 영향을 주며 협심증, 심근경색의 직접적인 원인으로 작용한다.

그렇다면 이렇게 노후화된 '오래된 집'인 우리 몸을 어떻게 회복시킬 수 있을까? 흔히 알고 있는 방법은 식이요법, 약물치료, 운동이다. 이들 중 혈관 속의 피를 원활하게 순환시키고 스트레스를 해소하는 가장 좋은 방법은 운동이다. 많은 운동 중에서도 나는 '걷기'를 추천하고 싶다.

걷기는 끈기만 있다면 누구나 많은 돈을 들이지 않고 할 수 있다. 물론 내가 말하는 걷기는 산보하듯 가볍게 걷는 것을 의미하지 않는다. 하루 20~25km씩 한 달 이상 걷는 걸 추천한다. 몸속 노폐물은 하루아침에 쉽게 빠져 나가지 않는다. 그 정도 강도로 걸어야 몸을 정화하고 맑은 피가 흐르도록 할 수 있다. 내 경우에는 국내 도보 여행을 하며 하루 30~40km를 걸었다.

아무 생각 없이 무조건 걸어 보라. 몸이 만신창이가 될 때까지 걸어 보라. 그러면 낡은 나로부터 탈출하여 새로워질 수 있다. 땀방울과 함께 노폐물이 빠져 나가면서 몸과 마음이 함께 텅 비는 경험을 하게 될 것이다. 그렇게 텅 비워질 때 다시 한 번 새로움으로 나를 채울 수 있다.

- 길 위에서 -

살면서 우리는 많은 어려움에 직면한다. 때로 도저히 이겨낼 수 없다고 여겨지는 고난 앞에서 좌절하기도 한다. 실직, 사랑하는 이와의 이별, 계속되는 실패……. 걷기는 이러한 정신적인 고난을 극복하는 데도 도움이 된다.

나는 아내와 함께 국내 1,400km, 스페인 산티아고 800km의 총 2,200km를 걸었다. 이 책은 그날들의 일기를 엮은 것이다. 나는 매일 저녁 빠짐없이 하루를 기록했다. 물론 많이 피곤했던 날은 졸음과 싸우느라 내용이 짧지만…….

도보 여행을 하고 싶지만 용기가 없고, 어떻게 해야 할지도 몰라서 망설이는 사람들에게 이 책이 도움이 되길 바란다. 그리고 여행을 마친 뒤엔 낡은 자신을 벗어던지고 새 몸, 새 마음으로 제2의 인생을 시작할 수 있게 되길 바란다.

인생에서 딱 한 달, 나를 위한 시간을 내 보자. 낡은 나를 비우고 새롭게 태어나는 멋진 경험을 하게 될 것이다.

환갑을 맞은 남자와 그의 아내도 해냈다. 그러니 당신도 할 수 있다.

떠나기 위한 준비
1, 2, 3

길 위에서
한반도와 산티아고 2,200km를 걷다

도보 여행
어떻게 준비할까

도보 여행, 어떻게 준비할까

1. 자신이 사는 곳에서 출발하자

나는 중국 유학 시절을 빼고는 평생 순천에서 살았다. 그리고 봉화산 둘레길 걷기를 즐긴다. 나의 국내 도보 여행은 순천에서부터 시작되었다. 당신은 어디에 살고 있는가? 굳이 특별한 곳에서 시작할 필요는 없다. 그저 당신의 삶의 터전을 출발점으로 삼으면 된다.

2. 미리 체력을 다져라

4km를 걷는 데 1시간 정도 걸린다. 2달 정도는 시간이 허락하는 대로 걷기 연습을 하자. 그 과정을 통해 자신이 얼마나 걸을 수 있는지, 또 언제 지치고 언제 힘이 나는지도 알 수 있다. 이렇게 자신을 파악하는 시간을 갖는 것이 중요하다. 그래야 자신의 한계를 넘는 무리한 계획을 세우지 않는다. 걷기 초보자는 하루 10km 이내, 숙달된 사람이라도 20km를 연습하는 게 적당하다.

3. 짐은 최대한 가볍게, 간단한 약품은 필수다 ☑

짐은 자기 체중의 10%를 넘지 않도록 한다. 배낭이 무거울수록 걷는데 부담이 되므로 무게는 줄일 수 있는 만큼 줄여야 한다. 하지만 간단한 약품은 반드시 챙겨야 한다. 상처에 바를 연고, 소독약, 밴드, 붕대, 소화제를 비롯해 자신에게 필요한 약이 있다면 미리 준비해 두자. 그러면 꼭 필요한 때 약국을 찾지 못해 당황하는 일을 방지할 수 있을 것이다.

한 가지 추천하고 싶은 물품은 약국에서 파는 소금, '정제염'이다. 정제염은 입안에 상처가 나도 먹기 편하도록 알약 형태로 만들어져 있다. 우리 몸속 염분의 농도는 0.9%다. 여름에 도보 여행을 하면 땀을 많이 흘리게 되는데, 이때 물만 마셔서는 체액의 농도를 유지할 수 없다. 그러니 땀을 많이 흘리며 걸을 땐 꼭 정제염을 챙겨 먹도록 하자.

4. 미리 안전에 대비하라 ☑

– 도로를 따라 걸을 땐 붉은색 옷 등으로 눈에 잘 띄도록 한다

나는 안전을 위해 항상 차와 마주보고 걸었다. 그리고 랜턴, 붉은색 옷, 붉은색 장갑을 준비했다. 붉은색은 흐린 날에도 잘 보인다. 또 휴대용 랜턴은 터널과 같이 어두운 곳을 지날 때 유용하다. 그래도 불안하다 싶을 때는 붉은색 장갑을 끼고 다가오는 차를 향해 손을 흔들어 사람이 있다는 걸 알렸다.

– 무리해서 걷지 않는다

늦게까지 걷는 것은 위험하다. 체력이 떨어지면 다치기 십상이고,

날이 저물면 사고에 노출될 가능성도 커진다. 내일을 위해 몸을 회복하는 시간을 갖는 것도 걷는 것만큼이나 중요하다. 낯선 외국에선 더욱 조심해야 한다. 우리 부부는 국내에서 하루 40km를 걸었던 만큼 산티아고에서도 많은 거리를 걸을 수 있었다. 하지만 숙소가 띄엄띄엄 있었다는 점, 산길이 많았다는 점, 언어가 잘 통하지 않는다는 점 때문에 가능한 일정을 지키려고 노력했다.

5. 지도책과 내비게이션 어플을 활용하자 ☑

국내 여행 당시 나는 매일 지도책을 펼쳐 놓고 어느 곳으로 걸어갈지를 정했다. 정확한 거리 측정은 스마트폰의 내비게이션 어플을 활용했다. 출발점과 도착점을 설정하면 총 거리가 얼마나 되는지, 어떤 도로를 따라 가야 하는지를 알려 주어 편리하다. 또한 주변에 있는 숙소와 식당 위치도 확인할 수 있다.

6. 고속도로보단 국도, 해안길, 자전거도로로 걷자 ☑

내비게이션 어플은 유용하지만 아쉬운 점도 있다. 경로 안내를 고속도로 위주로 한다는 점이 그렇다. 도보 여행자에겐 고속도로보다 한산한 국도, 강변이나 해안길, 자전거도로가 훨씬 안전하고 걷는 즐거움도 있다. 그러니 내비게이션에만 의존하지 말고 인터넷 검색이나 지역별 관광안내지도를 활용해 적극적으로 걷기 좋은 길 탐색에 나서자.

떠나기 위한 준비

두번째 이야기

-02-

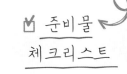 준비물
체크리스트

준비물 체크리스트

　도보 여행의 짐싸기는 일반 여행과 다르게 비워 내기에서부터 시작된다. 내가 가져갈 물건이 언제 어떻게 쓰일지 확실히 알고 있어야만 꼭 필요한 것만 챙기고 필요 없는 것은 덜어 낼 수 있다. 다음의 준비물 체크리스트는 짐을 꾸릴 때 참고할 만한 물품들이다. 종류나 수량은 계절에 따라, 사람에 따라 달라질 수 있을 것이다. 그리고 국내로 가느냐 해외로 가느냐에 따라서도 달라질 것이다. 다음을 참고하여 나만의 체크리스트를 만들어 보자.

구분	물품	수량	비고
걷기	모자	2	
	선글라스	2	
	배낭 45L	1	
	보조가방	1	
	지팡이	2	

걷기	등산화	1	
	스패츠	1	빗물로부터 신발 보호
	판초 우의	1	
숙소	침낭	1	
	침낭깔개	1	
	실내화	1	
세면	세숫비누	반	
	빨래비누	반	
	치약	1	
	칫솔	1	
	샤워 타월	1	
	스포츠 수건	2	
약	빈대약	1	
	정제염	1	약국에서 판매
	바셀린	1	
	항생제	1	
	감기약	1	
	물집방지용 밴드	1	
	방수 밴드	1	
	소화제	1	
	두통약	1	
	설사제(지사제)	1	
	벌레 물린 데 바르는 약	1	
	후시딘	1	
	파스	1	

	맨소래담 로션	1	
	안티푸라민	1	
	진통제	1	
	빈대 물렸을 때 먹는 약	1	Loratab(Loratadine 10mg/tab 성분)
	빈대 물렸을 때 바르는 약	1	1g당 Fluocinolone Acetonide 0.25mg, Neomycin Sulphate 5mg의 성분
의류	등산바지	3	긴 바지 1/집오프 2
	등산 상의 긴팔	2	
	등산 상의 반팔	1	
	반팔 티	1	
	셔츠 긴 것	1	
	등산양말	3	
	속옷	3	
	등산 점퍼	1	
	등산 조끼	1	
	등산 장갑(손가락)	1	
	등산 손수건	3	
	두건(햇빛 가리개)	1	
	반짇고리	1	
	헤드 랜턴 또는 일반 랜턴	1	야간 산행, 새벽 출발 시 사용
	붉은색 장갑	1	도로를 걸을 때
	붉은색 옷	1	도로를 걸을 때

		휴대폰	1	해외로 갈 땐 로밍 전 안내 멘트 설정
		비상연락처	1	대사관 및 가족 연락처
		복대	1	
		가방 자물쇠	1	
준비		스위스 칼	1	
		귀마개	1	
		휴지	1	
		큰 옷핀	6	
		손잡이가 있는 비닐백	1	
		빨래집게	6	
		선크림	1	
		손목시계	1	
		디지털 카메라	1	
		무릎보호대	1	
		물통	1	
		지퍼백 大	1	
		수저	1	
		포스트잇 小	1	
		볼펜	2	
		노트	2	
		노트북	1	
		기념품		해외 친구들에게 선물할 것으로 준비

식품	라면스프	3	
	고추장 튜브	6	
	카레가루	3	
	마른 김	1	
	단무지		
	마른 김치		식품 건조기에 말린 것
중요	여권복사본	5	
	증명사진 복사본	4	
	신용카드	1	
	현금 체크카드	1	
	환전		
	가이드북	1	

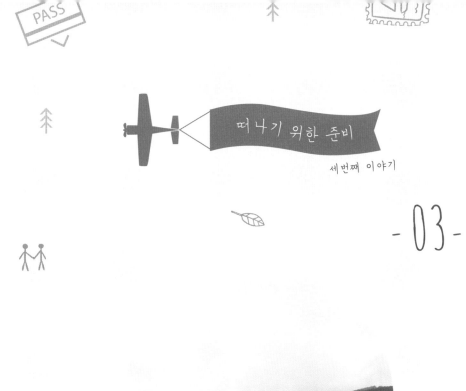

떠나기 위한 준비

세 번째 이야기

-03-

선배 여행자의
조언

선배 여행자의 조언

1. 물집이 잘 잡히지 않도록 하는 방법 ☑

도보 여행을 가장 힘들 게 하는 건 물집이다. 물집을 터뜨리고 약을 발라도 다음 날이면 또 물집이 잡혔다. 물집 때문에 발바닥이 떡처럼 문드러질 정도였다. 그게 너무 고통스러워서 뭔가 방법을 생각해야 했다. 군대에서 행군을 할 때 바셀린, 종이비누, 스타킹을 활용하는 것에서 아이디어를 얻었다. 매일 내 발에 실험해 보면서 좋은 방법을 찾았다. 덕분에 하루 12시간의 행군도 견딜 수 있었다. 국내보다 짧은 거리를 걸었던 산티아고에서는 물집이 거의 잡히지 않았다. 다음의 순서를 따라해 보자.

준비물: 세숫비누, 화장지, 스타킹, 두꺼운 양말
① 세숫비누를 칼로 갈아서 가루를 만든다.

② 발바닥과 발가락 사이에 바셀린을 꼼꼼히 바른다.

③ 화장지를 발 크기 정도로 자르고, 발가락이 닿는 부분과 발뒤꿈치가 닿는 부분에 비누 가루를 뿌린다. 그리고 그 위에 발을 올리고, 발가락 사이에 비누 가루를 뿌린다.

④ 휴지를 잘 감싸서 여자 스타킹을 신고, 그 위에 두꺼운 양말도 신는다.

⑤ 그 상태로 신발을 신는다. 신발은 보드라운 워킹화가 좋다.

2. 고관절과 무릎을 보호하는 '1자 걷기' ☑

무릎이 아파서 걷지 못한다는 사람들이 있다. 대부분은 자세가 나쁜 탓이다. 무릎은 아랫뼈와 윗뼈가 반듯하게 맞물려야 하는데, 걷는 방법이 잘못되면 연골이 한쪽만 닳는다. 그러니 반드시 '1자'로 걷자. 엄지발가락과 발꿈치 안쪽에 중심을 두고 1자로 반듯하게 걷는 것이다. 처음엔 이렇게 걷는 게 힘들 수 있다. 하지만 익숙해질 때까지 연습하면 습관이 된다. '1자 걷기'를 하면 오래 걸어도 무릎이 아프지 않다.

3. 오래 걸을 수 있도록 하는 '복식호흡' ☑

많은 사람들이 가슴호흡을 하는데 이는 바른 호흡법이 아니다. 가슴이 아닌 배로 숨을 쉬는 복식호흡은 혈액순환을 돕고 심폐기능을 향상시키는 등 장점이 많다. 복식호흡을 걷기에 활용하면 가슴호흡을 할 때와 비교해 훨씬 덜 지친다. 방법은 간단하다. 들숨 때는 공기가 배에 가득 차도록 코로 숨을 들여 마신다. 그런 다음 배 속에 공기가 완전히 비워질 때까지 코나 입으로 숨을 내쉰다. 이렇게 걸음걸이와 호흡에 신경 쓰며 걸으면 잡념이 끼어들 틈이 없다.

2014년 국내 도보 여행기
PART-01

37일 동안,
1,400km를 걷다.

-2014년 여행기-

-PART 01-

국내
도보 여행기

-PART 01-

2014년 국내 도보 여행

"앞으로 내게 시간이 얼마나 남아 있을까? 환갑을 넘겼으니 30년 정도 남았다고 본다. 길다면 길고 짧다면 짧은 시간, 나는 어떻게 살아야 할까? 확실한 건 남은 시간을 낭비하지 말고 보람 있게 살아야 한다는 것이다. 나는 매일 아침 '오늘도 귀한 하루를 주셔서 감사합니다.'라고 기도한다. 그리고 저녁이면 오늘 하루 좋은 말만 했는지, 보람 있게 살았는지 점검한다. 삶에 있어 영원한 건 없다. 모든 것이 한시적이다. 나중엔 걷고 싶어도 걸을 수 없는 날이 올 것이라고 생각한다. 그러니 내 두 다리가 아직 튼튼할 때, 내가 하루라도 더 젊을 때 나는 길 위에 설 것이고, 그럼으로써 새로운 사람으로 거듭날 것이다."

🌲🌲🌲 국내 도보 여행 일정 🌲🌲🌲

✔ 도보 1차 : 5월 20일 – 5월 21일(2일간) ✔ 도보 2차 : 5월 24일 – 6월 4일(12일간)

✔ 도보 3차 : 7월 2일 – 7월 18일(17일간) ✔ 도보 4차 : 7월 28일 – 8월 3일(6일간)

✔ 관광 : 8월 4일 – 8월 5일(2일간)

📍 도보 여행 일정 및 킬로미터

🚶 도보 1차 : 5월 20일 - 5월 21일 (2일간)

01.day	5월 20일	순천시 → 하동군 33.6km
02.day	5월 21일	하동군 → 진주시 40.6km

🚶 도보 2차 : 5월 24일 - 6월 4일 (12일간)

03.day	5월 24일	진주시 → 군북면 37km
04.day	5월 25일	군북면 → 창원시 마산회원구 30km
05.day	5월 26일	창원시 마산회원구 → 김해시 김해시청 38.1km
06.day	5월 27일	김해시 → 양산시 28km
07.day	5월 28일	양산시 → 울산광역시 언양읍 28.9km
08.day	5월 29일	울산광역시 언양읍 → 경주시 노서동 33km
09.day	5월 30일	경주시 노서동 → 포항시 흥해읍 36.4km
10.day	5월 31일	포항시 흥해읍 → 영덕군 강구면 34.5km
11.day	6월 01일	영덕군 강구면 → 영덕군 병곡면 34km
12.day	6월 02일	영덕군 병곡면 → 울진군 근남면 43.1km
13.day	6월 03일	울진군 근남면 → 강원도 삼척시 38km
14.day	6월 04일	강원도 삼척시 → 동해시 추암해수욕장 10km

🚶 도보 3차 : 7월 2일 - 7월 18일 (17일간)

- 길 위에서 -

15.day	7월 02일	동해시 추암해수욕장 → 강릉시 41km
16.day	7월 03일	강릉시 → 양양군 하조대 35.2km
17.day	7월 04일	양양군 하조대 → 양양군 오색리 35.6km
18.day	7월 05일	양양군 오색리 → 양구군 37km
19.day	7월 06일	양구군 → 춘천시 신북읍 38.2km
20.day	7월 07일	춘천시 신북읍 → 경기도 가평군 38km
21.day	7월 08일	경기도 가평군 → 남양주시 화도읍 36km
22.day	7월 09일	남양주시 화도읍 → 경기도 하남시 30km
23.day	7월 10일	경기도 하남시 → 경기도 용인시 36.3km
24.day	7월 11일	경기도 용인시 → 안성시 양성면 34.7km
25.day	7월 12일	안성시 양성면 → 천안시 동남구 34km
26.day	7월 13일	천안시 동남 구 → 충청남도 공주시 40km
27.day	7월 14일	충청남도 공주시 → 논산시 연무읍 37.8km
28.day	7월 15일	충청남도 논산시 연무읍 → 전라북도 전주시 42km
29.day	7월 16일	전라북도 전주시 → 임실군 신덕면 35km
30.day	7월 17일	전라북도 남원시 → 전라남도 구례군 38km
31.day	7월 18일	전라남도 구례군 → 순천시 28km

🚶 도보 4차 : 7월 28일-8월 03일 (6일간)

32.day	7월 28일	제주부두 → 제주시 애월읍 24.1km

33.day	7월 29일	애월읍 → 대정읍(모슬포항) 44km
34.day	7월 30일	대정읍(모슬포항) → 서귀포시 천지연 폭포 35.9km
35.day	7월 31일	서귀포시 천지연 폭포 → 표선면 표선리 29km
36.day	8월 01일	표선면 표선리 → 구좌읍 세화리 26km
38.day	8월 03일	세화리 → 제주 부두 34.8km

- 길 위에서 -

– DAY. 01 / 5월 20일 –

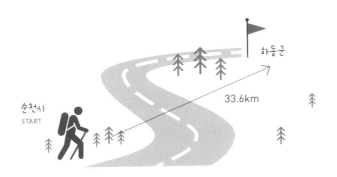

아침부터 보슬비가 내렸다. 기상예보를 보니 오후 늦게 그친다고 했
다. 점심을 먹고 기다렸다가 비가 서서히 그치기 시작한 3시쯤 집을 나
섰다. 이제 정말 시작인 걸까? 막상 출발하려니 얼떨떨했다. 원래 출발
은 5월 4일이었다. 디데이를 정해 놓고 매일 아침 봉화산 둘레길 12km
를 걸으며 워밍업을 했다. 그런데 우리 가족을 괴롭히던 '그 일' 때문에
여태껏 미뤄오다 오늘에야 출발하게 되었다. 아내의 얼굴도 그리 편해
보이진 않았다. 그래도 어쨌거나 길 위에 들어섰다.

순천 집에서부터 출발해 광양 성 가롤로병원을 지날 무렵 비가 다시
내리기 시작했다. 서북쪽 하늘은 밝아 보였고, 동쪽 하늘은 구름이 낮
게 깔려 있었다. 가까운 주유소에서 비옷을 챙겨 입고 20분 정도 걷다
보니 비가 그쳐서 다시 비옷을 벗고 걸었다. 그리 상쾌한 기분은 아니었
지만 그렇다고 나쁘지도 않았다.

광양시 초남 삼거리를 지나 국도 2호선에 진입하니 차가 많이 다녔다. 바로 옆에서 아내가 하는 말도 들리지 않을 만큼 소음이 심했다. 옥곡면 쪽으로 빠져 나오니 차들이 덜 다녔다. 진상면에 다다르니 어둠이 내리기 시작했다. 휴대용 랜턴을 준비해서 다행이었다. 차들이 지나갈 때는 손전등으로 아내를 비추며 흔들었다. 사고를 방지하기 위해서다.

한산한 산길이 이어졌다. 그래도 아내와 함께 걸어가니 두려움 없이 마음이 편안했다. 초저녁의 어둠 속, 모내기를 마친 논에서 들려오는 개구리 울음 소리가 그렇게 정겨울 수 없었다. 이러한 감정을 무어라 표현할까. 든든한 인생의 동반자와 함께 걸으니 편안하게 주위 자연의 소리에 귀 기울일 수 있었다. 어려운 결심을 해 준 아내에게 고마웠다.

저녁 9시 반 무렵 길에서 만난 이에게 하동군 횡천면으로 가는 길을 물었더니 아직 한참 멀었다고 한다. 길 위에서 밤을 새게 생겼다. 그래서 오늘은 하동읍까지만 가기로 하고 걸음을 재촉했다. 10시 20분쯤 섬진강 다리를 건너자 멀리 모텔 불빛이 보였다. 온돌방이 있냐고 물었더니 침대방뿐이란다. 따끈한 아랫목 생각이 간절하여 인근 여관이라도 찾아갈 생각이었다. 그러자 주인이 갑자기 없다던 온돌방이 하나 있다고 했다. 몸이 너무 피곤하여 방을 먼저 살펴볼 여력도 없었다. 아니나 다를까. 방에 들어가 보니 전기담요가 펼쳐져 있었다. 온돌방은 아니지만 아쉬운 대로 하루 묵기로 했다. 대충 샤워를 하고 바로 잠을 청했다.

– DAY. 02 / 5월 21일 –

하동군 → 진주시 40.6km

하동군
START

진주시

6시에 눈을 떴다. 모텔은 옛날 여인숙 수준도 못 되었지만 자고 일어나니 몸이 가벼웠다. 창문을 열자 섬진강변의 소나무 숲이 한눈에 들어왔다. 아름다운 풍경이다. 어린 시절 학교 소풍을 이 숲으로 왔었는데 그때와는 느낌이 사뭇 다르다. 왠지 모르게 마음이 두둥실 떠오르며 이곳에 머무르고 싶은 심정이었다. 물론 이 모텔은 빼고.

수녀님 세 분이 내일 오전 9시에 오신다는 연락을 받았다. 내게 치료를 받으러 오시는 분들이라 꼭 가야 했다. 여기서 진주까지 걸어갔다가 막차를 타고 순천으로 가기로 했다. 진주까진 약 40km. 도보로 걷기엔 상당히 먼 거리다.

근처에 재첩국을 파는 식당이 있기에 한 그릇 하러 들어갔다. 이른 아침이라 아내와 나, 이렇게 둘뿐이었다. 그런데 우리를 맞는 식당 아주머니 표정이 어두웠다. 무슨 질환이 있는 듯하여 조심스럽게 물었더니 갑상선 항진증이라고 했다.

"아주머니 성격이 급하시군요. 마음을 달래면서 사셔야죠. 안 그러면 몸이 힘들어집니다. 갑상선 항진증이면 면역력이 떨어져서 피로가 자주 올 테니 병원에 가서 치료를 해 보세요. 그리고 면역력에 좋은 약이나 음식도 드셔 보시고요. 그럼 좀 덜 피곤할 겁니다."

"뭘 먹으면 좋겠습니까?"

"로열젤리를 드셔 보세요."

"얼마 정도 해요?"

"50만 원에서 100만 원쯤 할 겁니다."

잠깐 화색이 돌던 아주머니는 가격을 듣고 이내 시무룩해졌다. 내가 "아들한테 사 달라고 해 보시지요."라고 했더니 푸념 섞인 대답이 돌아왔다. "아들이요? 내 돈 달라는 소리나 말라지." 재첩식당을 하는 61세 말띠 아주머니. 내내 건강하시길……

8시 30분, 걷기 시작했다. 구름 낀 날씨였지만 햇빛을 가려 주니 오히려 편하게 걸을 수 있었다. 서너 시간쯤 걸었을까. 장단지에 조금씩 통증이 오기 시작했다. 약국을 찾았지만 시골 길거리에 있을 리가 없었다. 한참을 더 걷다 보니 보건소가 보였다. 들어가서 물파스 좀 바르자고 했더니 흔쾌히 내어 주었다. 얘기를 나눠 보니 순천 사람이다. 고향사람을 만나 반가웠다.

2차선 도로를 따라 걸을 땐 차들이 적게 다녀 별로 불편하지 않았지만 4차선 도로에 들어서니 차도 많이 다니고 소음도 심했다. 산중턱의 휴게소에 들러 커피를 한 잔씩 하니 피로가 풀리는 것 같았다. 좀 더 걷다가 도로변에 있는 초등학교 나무 밑에서 쉬어 가기로 했다. 젊은 남녀 선생님과 어린 학생들이 야구를 하고 있었다. 학생 수가 적어서인지 4, 5, 6학년 남학생들을 한데 모아 팀을 만든 모양이었다. 때 묻지 않은 시골 학생들과 선생님들의 모습이 참 보기 좋았다.

오후 4시가 되니 허벅지 통증이 더욱 심해졌다. 아내는 발바닥 전체가 물집으로 쓰라린다고 말했다. 도로가에서 밴드로 응급조치를 하고 다시 걷기 시작했다. 무모한 도전을 시작한 건 아닐까. 벌써부터 그런 생각이 들었다. 하지만 내가 흔들리면 아내도 마음이 약해지니 묵묵히 참았다.

오후 6시, 진주 근교에 도착했다. "일단 순천에 돌아갔다가 여기서부터 다시 걸읍시다." 모든 기운을 소진한 아내가 힘없이 고개를 끄덕였다. 저녁은 터미널에서 막국수로 해결했다. 안으로 들어갔더니 가게 문을 닫으려던 아주머니가 우리를 마지막 손님으로 받겠다고 했다. 활달한 인상의 주인아주머니는 77세이지만 60세 초반으로밖에 안 보였다. 자녀들 다 출가시키고 배우자 없이 혼자 산다고 하셨다. 즐겁게 사니 얼굴색도 밝았다. 그런데 허리에 협착증이 있어서 돈을 벌어 약값에 쓰신다고. 언제 시간이 되면 다시 들러 치료를 해드려야겠다.

7시 50분 순천행 버스에 올랐다. 고작 이틀 걸었을 뿐인데 일주일은 지난 것처럼 느껴졌다. 이틀 사이 80km가 넘는 거리를 걸었으니 그럴 만도 하다.

– DAY. 03 / 5월 24일 –

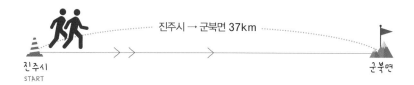

진주시 → 군북면 37km

진주시
START

군북면

    21일 무리한 일정 때문에 둘 다 녹초가 되어 버렸다. 22일 오전, 약속대로 서울과 전주에서 오신 수녀님들을 치료해 드렸다. 하지만 우리도 치료를 받아야 할 판이었다. 둘 다 발에 물집이 잡히고 장단지가 부어 제대로 걷기 힘들었다. 뜨거운 물에 몸을 담가 피로를 풀고 마사지를 했다. 그러면서도 과연 회복이 될지 의심스러웠다. 하루를 쉬고는 도저히 피로가 풀리지 않아 하루 더 쉬었다. 결국 이틀을 쉬고 24일 아침 다시 출발했다.

    오전 7시 20분, 순천에서 진주행 버스를 탔다. 그리고 8시 30분 진주 IC 부근에 도착했다. 내비게이션으로 오늘의 목적지인 군북까지의 거리를 확인했다. 고속도로는 24km, 국도는 37km다. 조금 더 걸으면 어떠랴. 차가 덜 다니는 길이 멀어도 걷기에는 좋으니 망설임 없이 국도를 선택했다.

    15km쯤 걸어 진주시 진성면에 도착했다. 점심을 먹으러 제주도 음

    – 길 위에서 –

식을 하는 식당에 들렀다. 그런데 주인아주머니와 종업원이 다리가 아프다고 했다. 그냥 지나칠 수가 없어서 침과 뜸을 놓아 주었다. 침을 맞으며 종업원이 어머니가 중풍으로 다리를 절더니 이제 말씀도 못하셔서 걱정이란 얘길 했다. 그래서 계속 병원에 두지 말고 한의원으로 옮겨서 침으로 치료해 보라고 했다.

천곡마을 부근에서 1005번 지방도로로 진입했다. 그리고 사봉면 우곡길을 지나 사봉농공단지 옆으로 걸었다. 들녘엔 보리들이 누렇게 익어 갔다. 모내기를 준비하느라 트랙터가 논을 갈고 있는 모습도 보였다. 예전엔 제일 하기 싫은 농사일이 보리타작이었다. 그런데 요즘은 기계로 타작을 하니 노동력이 많이 들지 않고, 비교적 수월하게 일을 해낼 수 있게 된 것 같다. 토마토를 재배하는 비닐하우스도 보이고, 아직은 완전히 여물지 않은 매실이 탐스럽게 달린 매실나무도 보였다.

30km를 넘어 가니 몸에서 신호가 왔다. 컨디션을 잘 조절하며 걷고 있지만 쉽게 걸을 수 있는 거리는 아니다. 태실삼거리에서 30번 지방도로를 따라 걷다가 군북읍으로 들어섰다. 온몸에서 훈김이 나고 지친 몸은 어서 눕고 싶다고 아우성을 쳤다.

여관을 두 군데 들렀는데 방이 없다고 했다. 마지막으로 모텔에 들렀다. 다른 데보다 만 원이 비쌌지만 깨끗해서 좋았다. 물집으로 생긴 상처를 소독하고 샤워를 한 다음 가까운 분식집에서 아내는 콩국수, 나는 김치찌개를 먹었다. 밥맛이 떨어졌는지 별맛이 없었다. 내일 일정을 보고 있는데 잠이 쏟아져서 그만두고 자기로 했다.

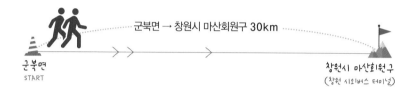

군북면 → 창원시 마산회원구 30km

군북면
START

창원시 마산회원구
(창원 시외버스 터미널)

    어제저녁 9시 무렵 일찍 잠이 들어서인지 새벽 3시에 깼다. 다시 잠을 청하고 눈을 뜨니 5시였다. 샤워를 하고 어제 못 다한 오늘 일정을 정리했다. 오늘은 창원까지 30km 정도만 걷기로 했다. 집에서 가져온 떡과 차로 아침을 먹고 7시 40분에 숙소를 나섰다. 79번 일반도로를 걷기 시작해서 오전 10시, 이제는 폐선된 함안역에 도착했다. 그곳에서 돼지국밥을 먹었다. 그리고 함안군 가야 시내 1004번 도로에서 창원시 내 방향 30번 도로로 진입했다.

    30번 도로 인근 슈퍼에서 물과 아이스바를 샀다. 먹으면서 쉬고 있을 때 가게 앞으로 주인이 나왔다. 길을 물었더니 친절히 알려 주었다. 다시 출발하려는데 평상에 휴대전화가 남겨져 있었다. 주인 남자의 것 같아서 가져다주었더니 고마워했다.

    "전국 도보 여행을 하신다니 부럽습니다."

    "누구나 할 수 있는 일이죠. 다만 실행할 용기가 필요할 뿐입니다. 꼭 가고 싶은데 돈도 시간도 부족하다면 남이 잘 때 일해서 시간과 여유를 만들면 되는 겁니다."

"그것이 참 어렵습니다."

"용기를 내 보세요. 그런데 올 해 몇이시죠?"

"개띠입니다."

"저희 아내와 같군요."

"아무튼 고맙습니다. 핸드폰을 깜빡하다니 요즘 참 정신이 없습니다."

남자는 잠깐 기다려 보라고 하더니 손수건 2장을 들고 나왔다. "가다가 입을 막을 때 사용하세요. 차가 다니는 길이라 매연이 많을 겁니다." 오늘 처음 만나 잠깐 얘기를 나눴을 뿐인데, 그 세심한 마음이 무척 고마웠다. "고맙습니다." 아내와 나는 남자와 헤어지고 가다가 한 번 더 뒤를 돌아보았다. 그 고마운 마음, 오래 간직하고 싶었다.

오후 4시쯤. 창원 시외버스 터미널에 도착했다. 여기가 바로 옛날 마산역 부근이었다. 군대 시절 일 년이면 몇 번씩 휴가나 외박 때 왔다 갔다 했던 곳인데 이젠 낯설기만 하다. 아마도 시간이 많이 흘러서겠지……. 모텔에 여장을 풀고 저녁을 먹으러 가는데 비가 조금씩 내리기 시작했다. 내일은 비가 오지 않았으면 좋겠다. 저녁으로 생선구이를 먹었다.

– DAY. 05 / 5월 26일 –

 창원시 마산회원구 → 김해시 김해시청 38.1km

창원시 마산회원구
START

김해시 김해시청

아침 6시, 일어나자마자 창문을 열었다. 안개가 산등성이를 오르고 있었다. 다행히 오늘은 비가 올 것 같지 않았다. 미숫가루 한 잔씩 하고 바로 모텔을 나섰다. 마산터미널 앞에서 김해시 진영 방향 14번 도로로 2시간쯤 걸었을까. 경찰이 그쪽으로 가지 말라고 손을 내저었다. 우리가 걷던 도로는 어느새 자동차 전용도로가 되어 있었다. 육교 아래 14번 도로와 연결된 다른 도로가 있어서 그쪽으로 접어들었다.

11시가 되자 기운이 없고 피로가 몰려왔다. 아침을 미숫가루로 때운 탓이다. 길가에 있는 식당에서 나는 된장찌개, 아내는 비빔밥을 주문했다. 밥을 먹으며 아내가 발이 아프다고 했다. 그리고 보니 오늘 벌써 여러 번 통증을 호소했다. 덜컥 걱정이 되었다. 손수레에 배낭을 실어 끌고 가면 좀 낫지 않을까, 하는 생각이 들었다. 그래서 식당 주인에게 근처에 철물점이 있는지 물었다. 다행히 멀지 않은 곳에 철물점이 있었다. 손수레를 하나 사서 배낭 두 개를 묶어서 끌고 가니 훨씬 수월했다.

– 길 위에서 –

"편하긴 편하네." 아내가 말했다.

"그렇지? 내 말을 잘 들어야지, 안 그래?" 내 말에 아내가 웃었다.

어제 같았으면 지금쯤 통증이 올 시간인데 손수레가 힘을 덜어 주니 한결 나았다.

계속 14번 도로를 따라 걷다 보니 진영 부근에서 다시 자동차 전용도로가 나타났다. 이번에도 근처 지방도로로 방향을 틀었다. 가야대학교 사거리를 걷는데 한 청년이 배낭을 메고 우리를 앞서가는 게 보였다. 신호등 앞에서 파란불을 기다리다가 나란히 걷게 되었다.

"어디서 왔어요?"

"서울에서부터요. 14일 걸렸습니다."

"대단하네."

청년은 부산에서 대학교를 다니고 있었다. 취업준비를 앞두고 심기일전하기 위해 국토횡단을 시작했다고 한다. 참 좋은 생각이다. 그의 앞날에 행운이 있기를!

저녁 8시 30분. 김해에 도착했다. 저녁은 5시에 미리 콩국수를 먹은 터라 피로회복에 좋은 포도와 레몬을 사서 모텔에 들어갔다.

김해시 → 양산시 28km

김해시
START

양산시

아내가 쉽게 일어나지 못한다. 피로가 풀리지 않은 듯싶다. 발바닥
에 잡힌 물집과 발가락 사이의 상처 때문에 통증도 심한 것 같았다. 어
제 만난 청년이 물집 방지 밴드가 있다고 한 것이 생각났다. 약국에 들
러 밴드를 몇 개 산 다음 9시 무렵 출발했다. 그렇게 큰 효과가 있을 거
라고 기대하진 않았지만 약물이 섞여 있으니 염증은 예방할 수 있을 것
같았다.

넓은 갓길에선 손수레를 둘이 끌 수 있지만 좁은 길에선 혼자 끌어야
했다. 그럴 땐 좀 힘들었다. 아내는 오늘 아침부터 발바닥 통증이 오는
가 보다. "당신 때문에 내가 팔자에도 없는 고생을 하네. 진짜 힘들어
죽겠어." 이내 짜증 섞인 말이 튀어 나왔다. 아내를 달래려면 잠깐 쉬
어야 한다.

10시 30분 대동면으로 가는 길. 식당에서 아침 겸 점심으로 삼겹살
을 먹었다. 돼지고기를 좋아하는 아내를 위해 주문한 것인데 잘 먹지

않았다. 아내의 눈치를 살폈다. 입맛이 없는 걸까, 피로가 풀리지 않은 것일까. 아내는 단지 걷기 위해 억지로 음식을 삼키는 것 같았다. 오늘 일정을 짧게 잡은 것이 그나마 다행이었다.

오늘 걷는 길은 갓길이 없는 곳이 종종 있었다. 게다가 차들도 많이 다녔다. 그래서 차가 오면 멈췄다 가고, 갓길이 나오면 둘이 손수레를 끌다가 다시 사라지면 혼자 끌고 가기를 반복했다. 그러다 보니 속도가 나지 않았다. 손수레도 약한 것 같아서 가다가 새로 하나 구입했다. 손수레를 끌고 도보 여행 중이라고 했더니 우리가 안쓰러웠나 보다. 주인이 손수레를 조일 밴드를 그냥 주었다. 수레에 짐을 단단히 매고 다시 힘차게 걸었다. 새 손수레가 튼튼하긴 한데 너무 무겁다는 걸 조금 걷다가 알게 되었다.

가는 길에 낙동강 자전거 도로가 양산시와 연결된다는 소리를 들었다. 그래서 그쪽으로 방향을 틀었다. 신호등과 매연이 없고 공기가 맑았다. 아내 얼굴이 한결 편안해졌다. 길을 잘 선택한 것 같았다. 중간에 쉼터에 앉아 몸을 풀고 휴식을 취했다. 자전거를 탄 사람들이 휙휙 지나가고, 동호회원들로 보이는 사람들이 모여 있었다. 방광이 망가졌다, 자전거로 전국일주를 한다 등 자기들끼리 떠들다가 우리에게도 아는 척을 했다. 몇 마디 나누다가 우리가 먼저 자리를 털고 일어섰다. 그랬더니 그들 중 몇몇이 말했다. "또 오세요." 나도 모르게 웃음이 났다. 이 힘든 길을 다음에 또 걸을 수 있을까? 아무튼 자전거 도로 덕분에 수월하게 목적지에 도착했다.

44

– DAY. 07 / 5월 28일 –

양산시 → 울산광역시 언양읍 28.9km

양산시
START

울산광역시 언양읍

　4시 40분에 눈을 떴다. 일어나자마자 아내의 발을 소독하고 약을 발라 주었다. 아내는 하루 종일 걷다가 숙소에 들어오면 그대로 쓰러진다. 그럼 나는 그런 아내의 발을 주무르고 상처를 치료한다. 그리고 아침에 한 번 더 한다. 하루 두 번 아내의 발을 만져 주는 일이 여기선 당연한 일과가 되어 버렸다. 아내는 매일 10km를 걷는 건강한 사람인데, 이 길이 많이도 힘든 모양이다. 아내의 발을 돌봐 준 다음엔 내 차례다. 어제 발뒤꿈치에 통증이 있어서 약을 바르고 붕대로 발뒤꿈치를 단단히 감았다. 7시, 보리밥집에서 청국장으로 아침을 먹었다. 아내는 미숫가루만 먹었다.

　8시 10분, 모텔을 나섰다. 35번 국도를 걷다가 만난 사람에게 언양으로 가는 길을 물었더니 강변을 따라 걷는 자전거 도로가 있다고 했다. 아내도 반색을 하며 그리로 가자고 했다. 그래서 8km 정도 편안하게 매연을 맡지 않고 걸었다. 자전거 도로 끝에 있는 식당에서 콩국수

　　　　　 – 길 위에서 –

를 먹고 11시 무렵 다시 지방국도로 접어들었다. 도로에 차가 적어서 발걸음이 한결 가벼웠다. 중간에 냉커피를 마시며 한 번 휴식을 취하고 오후 4시 울산에 도착했다. 예상보다 빠른 도착이다. 모텔에 여장을 풀고 저녁으로 돼지갈비를 먹었다. 내일을 위해서 잘 먹고 잘 쉬어야겠다.

— DAY. 08 / 5월 29일 —

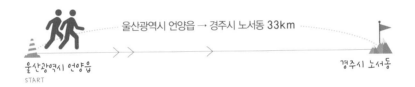

울산광역시 언양읍 → 경주시 노서동 33km

울산광역시 언양읍
START

경주시 노서동

새벽 3시에 잠이 깼다. 다시 눈을 감았다가 뜨니 7시가 다 되었다. 부산히 아내의 발에 약을 발라 주고 내 발에도 붕대를 감았다. 시간이 없어서 미숫가루 한 모금 마시고 8시에 출발했다. 아침을 먹지 않았더니 금방 시장기가 돌았다. 빵이라도 좀 사고 싶었는데 외곽도로라 슈퍼가 없었다. 나는 슈퍼를 찾아 두리번거렸지만 아내는 빨리 가고 싶은 눈치였다. 마트를 하나 찾았는데 너무 이른 시간이라 아직 문을 열

지 않았다. 아내가 갑자기 다음 생에 태어나면 나를 만나지 않겠다고
한다. 그러면 그러라지.

  9시쯤, 35번 국도를 걷다 보니 슈퍼가 있었다. 다른 손님들이 라면
을 먹기에 나도 라면을 주문했다. 아내는 빵을 먹었다. 12시 무렵 식당
이 보여서 아내에게 배가 고프냐고 물어보았다. 아내는 그렇기도 하고
그렇지 않기도 하단다. "이 사람아, 무슨 대답이 그래!" 아내와 나 사
이에 왠지 어색한 기류가 감돌았다. 그래도 끼니를 챙기고 좀 쉬어 갈
생각으로 식당에 들어갔다. 김치찌개를 주문했는데 밥맛이 사라져서
그냥 밥을 물에 말아 먹었다. 피곤해서일까, 아니면 더위를 먹었을까.
그런 것 같지는 않은데 밥맛이 없었다. 그냥 기분 탓인가……

  식당 주인이 젊었다. 경주시까지 간다고 했더니 대남 방향으로 가라
고 일러 주었다. 35번 도로보다 차도 덜 다니고 한가롭단다. 그의 조언
을 따라 걷다가 슈퍼에서 아이스바를 먹으며 잠시 쉬었다. 그리고 올
해 73세인 주인과 잠시 얘기를 나눴다. 그는 내게 퇴직을 하고 전국 도
보 여행을 하는 것이냐고 물었다. 그리고 자기가 퇴직했을 때 처음에
만 잠깐 좋았고 그 후 무위도식하는 시간이 고문이었다고 했다. 그래
서 이렇게 슈퍼도 하고, 소도 50마리나 기른다고. "힘들지 않습니까?"
내 질문에 그는 기계화가 되어서 일이 적다고 했다.

  젊은 식당 주인의 말에 따라 삼릉, 포석정, 경주교도소, 오릉사거
리, 황남초등학교를 차례로 지나치며 걸었다. 그리고 터미널 부근 모
텔에서 여장을 풀었다. 씻고 식당에 가서 순두부로 먹고 나오는데 중
국 학생 2명이 식당 앞에서 더듬거리며 뭔가 얘기하고 싶어 했다. 나
는 1999년부터 2010년까지 중국에서 의학 공부를 한 덕에 중국어로 의

사소통이 가능하다. 그들에게 먼저 다가가 말을 시켰다. 북경 공업대 3학년 학생들이었다. 각각 순두부와 김치찌개를 주문해 주었다. 내일 아침 그 식당에서 7시 반에 다시 만나기로 하고 헤어졌다.

– DAY. 09 / 5월 30일 –

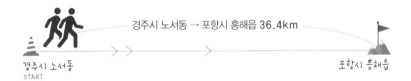

경주시 노서동 → 포항시 흥해읍 36.4km

경주시 노서동
START

포항시 흥해읍

아침 7시. 어제저녁을 먹었던 식당에서 다시 갔다. 순두부를 주문했는데 된장국이 나왔고, 게다가 짰다. 안 그래도 찬물을 많이 마시는 사람인데 아침을 짜게 먹어서 물을 더 마시게 생겼다. 어제 약속한 중국학생들은 결국 오지 않았다. 젊은 사람들이라 그런가 늦잠을 자는 것 같았다. 아쉽지만 할 일이 있어서 더 기다리지 못하고 일어섰다.

오늘은 6월 4일 전국지방선거의 사전투표 날이다. 그날 우리는 순천에 없으니 여기서 투표를 하기로 했다. 장소에 구분 없이 내 권리를 행사할 수 있으니 좋은 세상이다. 근처 사전투표소를 찾아가 아내와 함께 선거에 참여했다.

투표를 마치고 7시 50분 출발했다. 7번 도로를 따라 걷다가 11시 무렵 빵과 물을 먹고 30분 정도 쉬었다. 피곤해지기 전에 미리 미리 몸을 쉬어 주고 영양분도 보충해 줘야 한다. 그리고 다시 한참을 걸어 오후 5시 포항시 흥해읍에 가까워졌다. 그런데 퇴근시간이라 그런지 차들이 무척 많았다. 게다가 인도도 없어서 위험했다. 오늘은 내가 먼저 지쳐 버렸다. 아내가 아예 손수레를 혼자 끌고 갔다. 마음이 편치 않았지만 다리 상태가 나빠서 어쩔 수 없었다. 6시 30분, 흥해읍에 도착했다. 닭요리에 맥주 한 잔으로 하루의 피로를 풀었다.

– DAY. 10 / 5월 31일 –

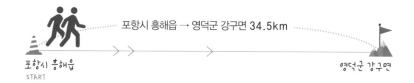

포항시 흥해읍 → 영덕군 강구면 34.5km

포항시 흥해읍
START

영덕군 강구면

자고 일어나니 아내 얼굴이 붓고 그을려 있는 게 눈에 띄었다. 어제 기온이 30도가 넘었기 때문일까? 차가 지나가며 바람을 일으켜서 그리

더운 느낌을 받지 못했는데 태양빛이 꽤나 강렬했던 모양이다. 벌써 여름이 온 것 같다. 차라리 아침 일찍부터 걷는 게 나을 것 같아서 7시에 미숫가루를 조금 마시고 출발했다.

9시 무렵 도로변에서 소고기 국밥과 냉면을 먹었다. 동해안으로 접어드니 몸도 마음도 편안한 느낌이었다. 화진휴게소에서 아래를 보니 화진해수욕장이 보였다. 해수욕 철이 아니라 물에 뛰어드는 사람은 없었지만 드문드문 연인들이 보였다. 서로를 안고 장난도 치는 모습. 젊음이 좋긴 좋다. 물론 나도 아직 늙었다는 생각은 하지 않는다. 다 늙은 사람처럼 살 생각도 없다. 그래서 이렇게 걷고 있으니까. 휴게소에서 1시간을 쉬었다. 충전을 충분히 했으니 다시 걸어야지.

영덕군 장사해수욕장, 남정면 파출소, 경보화석박물관, 구계휴게소를 지나 삼사해상공원 삼거리에서 한 번 더 휴식을 취했다. 그리고 강구대교를 건너기 위해 7번 도로로 접어들었다. 다리를 건너자 다시 해안길이다. 해안가 식당은 대부분 게를 팔고 있었다. 싸고 맛있으니 어서 들어오라는 호객행위가 이어졌다. 먹고 싶었지만 아내가 별로 좋아하지 않는 음식이라 먹지 못했다. 대신 저녁으로 시원한 생선 매운탕을 먹기로 했다. 이곳엔 예상 외로 민박이 많지 않았다. 민박을 찾아 들어가 보면 화장실에 샤워기만 있고 욕조가 없었다. 우리에겐 욕조가 꼭 필요했다. 따뜻한 물에 몸을 담가 피로를 풀어야만 내일 또 걸을 수 있으니까. 가격도 모텔과 비슷했다. 이왕 비슷한 가격이면 욕조가 있는 모텔에서 자야겠다고 일념으로 한참을 더 걸었다. 마침 한 곳이 보이기에 들어가 여장을 풀었다. 생선 매운탕으로 맛있게 저녁을 먹고, 욕조에 몸을 푹 담갔다. 오늘 하루도 이렇게 끝났다.

– DAY. 11 / 6월 1일 –

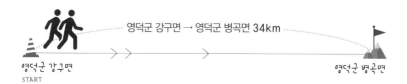

영덕군 강구면 → 영덕군 병곡면 34km

영덕군 강구면
START

영덕군 병곡면

    새벽 1시 반에 잠에서 깼다. 이곳 기운이 별로 좋지 않다는 느낌이 들었다. 왠지 잠자리가 어수선했다. 내일 일정을 위해 애써 잠을 청하고 5시 반 눈을 떴다. 먼저 씻은 다음 아내의 발과 내 발에 필요한 처치를 했다. 모텔을 나서니 7시였다.

    해변을 따라 이어진 20번 도로에 들어섰다. 20번 도로는 '블루로드'다. 블루로드는 동해바다를 만끽할 수 있는 64km에 이르는 도보 여행길이다. 동해안은 여느 외국 해변 못지않게 아름답다. 싱그러운 아침 햇살과 시원한 바다 덕분에 내 마음도 밝아졌다. 해맞이공원 부근의 도로변 스낵카에서 라면을 시켰다. 그때가 9시 무렵이었다. 라면을 먹고 공원을 청소하는 아주머니와 얘기를 나눴다. 아주머니는 예전엔 강원도 고성에서 부산에 이르는 해파랑길을 걷는 도보 여행자들을 종종 보았는데 요즘은 드물다고 말했다. 자전거 여행객이 많아져서 그런가 보다.

20번 도로에서 7번 도로로 접어드는 길목에서 망설였다. 날씨는 덥고 근처에 슈퍼는 없고 아내는 이미 지쳤다. 식당이 보이기에 들어갔지만 일요일은 영업을 하지 않는다고 했다. 물을 좀 부탁했더니 얼음물을 내주었다. 어찌나 고맙던지……. 아직 이런 인심이 살아 있다. 아내가 발이 많이 아프다고 했다. 오늘 목표한 곳까지 갈 수 있을까? 걱정이 되었지만 일단 7번 도로로 접어들었다.

영해면에 도착해 칡냉면집으로 들어갔다. 둘 다 더위에 얼마나 지쳤던지 순식간에 시원한 냉면 한 그릇씩 비우고 사리를 추가해 먹었다. 오후 4시, 아내는 더 이상 견디기 어려워 보였다. 점점 통증이 심해지는 것 같았다. 오늘은 여기까지인가 보다. 병곡면 칠보산휴게소 부근에서 모텔을 잡았다. 저녁은 한식뷔페를 먹고 푹 쉬었다.

− DAY. 12 / 6월 2일 −

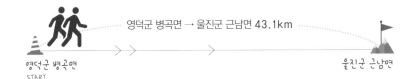

영덕군 병곡면 → 울진군 근남면 43.1km

영덕군 병곡면
START

울진군 근남면

눈을 뜨니 6시. 늦잠을 잤다. 7시에 출발하려면 시간이 빠듯했다. 나는 어제저녁 먹은 한식이 괜찮아서 아침에도 먹으러 갔다. 아내는 안 먹겠다고 했다. 오늘의 목적지 울진군까지는 40km가 넘는다. 강행군이 예상되었다. 7시 20분, 7번 국도에 접어들었다. 꼬불꼬불한 길을 걷다가 9시쯤 아침을 거른 아내를 위해 식당에 들러 콩국수 한 그릇을 주문했다. 그런데 식당 주인이 계산할 때 버젓이 '콩국수 7천 원'이라고 써 붙어 있는데도 9천 원을 받았다. 아무리 세월호 때문에 매상이 반 토막 났다고 하더라도 이건 좀 심했다.

비가 온다고 하더니 구름만 잔뜩 낀 날이었다. 물론 걸어가기엔 더 나았다. 아내의 속도가 빨라졌다. 더우면 사족을 못 쓰면서 시원하면 기운이 나는 사람이다. 나와는 반대다. 아내는 탄력이 붙으면 나보다 더 잘 걷는다. 오늘은 내가 영 시원찮다. 오른쪽 발뒤꿈치에 물집이 잡혀서 쓰라렸다. 쉬었다 가면 오히려 힘들어지니 아픔을 참고 걷는 편이 나았다. 괜찮다가 아프고, 아프다가 다시 괜찮아지는 일이 반복되었다.

울진군 망양휴게소는 풍경이 멋졌다. 식당에서 앉아 바다를 바라보니 물속이 훤히 들여다보였다. 미역과 파래가 물속에서 하늘거리는 모습이 신비로웠다. 우리 둘만 보기 아까울 지경이었다. 박선생에게 전화를 걸어 지금 내 눈 앞에 펼쳐진 풍경의 감상을 전했다. 박선생은 내 몸을 걱정해 주었다. "그럭저럭 견딜만 해." 그 마음이 고마워 웃으며 대답했다.

점심을 먹고 다시 걷기 시작했다. 오후 5시 무렵, 내 발뒤꿈치 통증이 심해지자 아내가 혼자 손수레를 끌고 앞서 나갔다. 그저 미안할 뿐이었다. 울진군에 도착해서 모텔을 찾았지만 쉽게 보이지 않았다. 시

- 길 위에서 -

골이라 모텔 찾기도 쉽지 않았다. 6시 반, 어렵게 방을 잡고 저녁을 먹으러 갔다. 돼지고기에 맥주 한 잔을 곁들이니 43km를 걸은 피로가 좀 풀리는 것 같았다.

– DAY.13 / 6월 3일 –

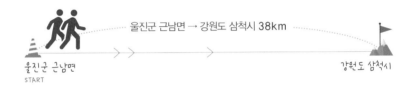

울진군 근남면 → 강원도 삼척시 38km

울진군 근남면
START

강원도 삼척시

6시에 일어났다. 오른쪽 발뒤꿈치가 다시 아파 왔다. 통증이 가시길 바라며 아침부터 뜨거운 물에 몸을 담갔지만 신발을 신고 벗기도 어려울 정도로 아팠다. 이런 상태를 일일이 아내에게 말할 순 없었다. 사기가 떨어질까 봐 걱정되어서다. 7시 30분, 아침을 먹고 길을 나섰다. 아내가 손수레를 끌고 나는 지팡이에 의지해 다리의 힘을 분산시키며 걸었다. 보통 30분 정도 걸으면 통증도 마비되는데 오늘은 더욱 심해지는 느낌이었다.

오늘 비 올 확률이 5%. 하지만 하늘엔 구름이 잔뜩 끼었다. 날씨가 화창해야 기분도 좋고 걷기도 좋은데 날씨가 흐리니 다리가 더 아프게 느껴졌다. 내가 지팡이를 짚고 있으니 손수레 끄는 일은 온전히 아내의 몫이 되었다. 아내 다리도 많이 아플 텐데……. 아내를 힘들게 만들었다는 생각에 마음이 괴로웠다.

어제는 잘 모르고 자동차 전용도로로 걸었다. 오늘은 지방도로를 타기로 했다. 차가 덜 다니고 안전하고 공기도, 경치도 좋다. 안 좋은 점은 길이 너무 꼬불꼬불하다는 것이다. 또 내비게이션으로 거리를 측정하면 고속도로, 곧은 도로 위주로만 계산되어서 얼마나 걸었는지 정확히 알 수가 없다. 그래서 매일 측정된 거리보다 4km는 더 걷는 것 같다.

눈에 보이는 슈퍼에 들어가 잠시 쉬었다. 주인 남자가 구례사람이었다. 그는 동향이라 반갑다며 악수를 청해 왔다. 남자의 아내가 커피도 대접해 주었다. 기분 좋게 마시고 다시 출발하자 보슬비가 내리기 시작했다. 비옷을 꺼내 입고 걸었더니 이내 그친다. 비는 내내 오락가락했다. 비옷을 입고 있으면 땀이 나서 비가 그치면 바로 비옷을 벗었다.

점심을 먹고부턴 계속 오르막길을 올랐다. 아내 혼자 끌기도 둘이 같이 끌기도 하며 힘겹게 길을 올라갔더니 반가운 표지판이 눈에 들어왔다. '울진북로 2313 지방도로 끝' 그리고 그 아래 '삼척로 4294'라고 새겨진 돌이 있었다. 순천에서 강원도까지 온 것이다!

내비게이션으로 근처 모텔 위치를 검색했다. 우리가 있는 곳에서 1.5km 떨어져 있었는데 위치를 정확히 알기 어려웠다. 다시 비가 내리기 시작했다. 구름이 잔뜩 낀 탓인지 5시였음에도 침침할 정도로 어두웠다. 누구에게 물어보고 싶어도 사람이 보이지 않았다. 하는 수 없이 아내가 지나가는 차를 세우고 모텔 위치를 물었다. 30대 중반의 남자가 설명하기 어려우니 자기가 직접 데려다주겠다고 했다. 한동안 결정을 못 내리고 아내와 서로 얼굴만 쳐다보았다.

"어떻게 할까? 나 사실은 통증이 엄청 심해. 당신도 아프지? 오늘 하루만 신세를 질까?"

"그래요. 그동안 이런 일 한 번도 없었잖아."

"오늘 한 번만 신세지자."

"응. 오늘 한 번만."

사실 이 다리를 이끌고 더 헤맬 자신이 없었다. 그래서 그의 호의를 감사히 받기로 했다. 남자는 우리를 모텔까지 데려다주었다. 너무 고마워서 나중에 시간이 되거든 꼭 순천에 한번 들러달라고 했다.

모텔로 들어가는데 한기가 들었다. 통증이 있는데다 음기가 많은 날씨라 습한 기운이 몸에 침투하기 좋았다. 차고 습한 기운을 빨리 쫓아내야 감기를 예방할 수 있다. 따뜻한 물에 몸을 담그고, 저녁밥도 객실에서 시켜 먹었다. 씻고 먹은 다음엔 아내와 진통제를 한 알씩 먹었다. 내일이면 괜찮아지겠지. 그랬으면 좋겠다.

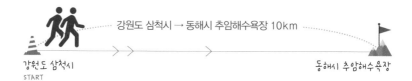

- DAY.14 / 6월 4일 -

강원도 삼척시 → 동해시 추암해수욕장 10km

강원도 삼척시
START

동해시 추암해수욕장

    오늘은 지방선거 날이다. 우리는 경주에서 선거를 했으니 속이 편하다. 평소보다 늦은 8시 반에 출발했다. 여전히 통증이 심해서 걷다가 도저히 안 되겠다 싶으면 강릉에 사는 딸을 부를 마음이었다. 오늘은 7번 도로가 아닌 지방 해변가 도로를 선택했다. 나는 지팡이를 짚은 채 절뚝거리고 손수레를 끄는 아내는 아침부터 지쳤다. 발의 통증도 심해진 것 같았다. 삼척시청 부근에서 아침을 먹고 걸어가는 내내 아내의 표정이 어두웠다.

    삼척은 아름다운 곳이었다. 하지만 둘 다 풍경을 즐길 여유가 없었다. 통증을 때문에 커피숍에서 커피를 마시며 간단히 치료를 했다. 그리고 다시 걸었지만 속도가 너무 느렸다. 힘들게 추암해수욕장까지 왔다. 관광안내소에서 길 안내를 받고 돌아왔더니 아내가 폭탄선언을 했다.

    "나 더는 못 걸겠어요."

    어쩌겠는가. 못 걸어가겠다는데. 나 역시 더 못 걸을 것 같다. 해변가 식당에서 점심을 먹고 딸에게 전화를 걸었다. 한 시간쯤 지나자 강릉에서 딸이 왔다. 지팡이를 짚은 아빠, 절뚝거리는 엄마를 보고 놀란 것 같았다. 그런 모습을 보여 준 것이 못내 아쉽고 미안하다. 이렇게 중도포기하게 되는 것은 아닐까? 절대 그러고 싶지 않다. 심경이 복잡했지만 일단은 치료에만 집중하기로 했다. 쉬면서 건강을 회복해야 다시 걸을 수 있을 테니……

- 길 위에서 -

− 7월 1일 −

다시 여행을 시작하며

순천터미널에서 강릉 가는 버스가 없기에 광주로 갔다. 그런데 늦은 시간이라 그런지 차편이 없었다. 할 수 없이 일단 서울로 가서 그곳에서 강릉행 버스를 타기로 했다. 좀 복잡하게 가는 것 같았지만 마음은 가벼웠다. 처음 순천에서 출발할 때와는 완전히 다른 마음이었다. 우리를 괴롭히던 그 일, 집 문제가 해결되었기 때문이다.

20년 전의 일이다. 내가 4층 건물을 지을 때 자금 부족으로 토지 일부를 아내의 지인에게 팔았다. 당시 작은 토지는 등기상 분할이 안 되어 따로 토지의 소유를 명확히 하는 계약서를 쓰고 공동으로 건물을 지었다. 그래서 건물은 따로 등기가 나 있었지만 등기상으로는 공동 소유였다. 그런데 15년이 지난 뒤 그 사람이 우리 쪽 계단을 터 달라고 요구했다. 사생활 침해를 이유로 거절하자 앙심을 품은 그가 보일러 놓은 곳을 가건물 설치로 고발하는 등 사사건건 우리 가족을 괴롭히기 시작했다. 마음이 너무나 괴로웠다. 그래서 차라리 건물을 팔아 버리고 그 집에 전세를 들어 살기로 했다. 이 여행은 그렇게 불편한 마음을 안고 시작되었다.

걷다가 아내는 불쑥 화가 치솟는 듯했다. 평생 언니 동생하며 지내던 이에게 뒤통수를 맞으니 그럴 만도 하다. 똑같은 방법으로 맞대응하고 싶기도 했다. 그러나 법정 싸움은 몇 년이 걸릴지 모른다. 내가 옳다, 내가 이겼다는 결과를 남기기 위해 얼마나 많은 시간과 에너지를 낭비해야 할까. 손바닥도 마주쳐야 소리가 나는 법이다. 나는 그에게 대응하지 않기로 결심했다.

주변 사람들은 내게 화나지 않느냐고 물었다. 물론 나도 화가 났다. 있는 힘을 다해 참고 있었을 뿐이다. 하지만 나는 그 사람을 미워하는 일에 단 1분이라도 내 마음과 시간을 내 주고 싶지 않았다. 물론 그것은 너무나도 어려운 일이었다. 그에 대한 미움이 시도 때도 없이 고개를 내밀었다. 그러나 나는 걸으면서 그에 대한 생각은 수없이 떨쳐 버리려고 했다. 온몸이 녹초가 될 때까지 걷다 보면 어느새 그 사건을 잊고 저녁이면 곯아떨어져 잠이 들었다.

어쨌든 쉬는 동안 집에 관한 서류상의 문제를 완전히 정리하고, 매매 대금도 지불받았다. 앓던 이가 빠져나간 듯 홀가분한 심정이었지만 그 사람에 대한 미움을 모두 털어 내리려면 앞으로도 많은 땀을 흘려야 한다는 걸 알았다.

집에 오자마자 아내가 완전히 다운되었다. 여러 가지 약재로 약을 짓고, 치료에 전념했더니 조금씩 회복해 갔다. 한 달 동안 피로도 풀고 영양도 충분히 섭취했다. 다행히 다시 한 번 도보 여행을 할 수 있을 만큼 건강해져서 너무나 기쁘다. 가뿐한 몸, 편안한 마음으로 남은 길을 무사히 걷고 싶다. 가족들, 수녀님들, 친구들이 우리의 무사 여정을 위해 기도해 주고 있으니 더욱 큰 힘이 되는 것 같다.

11시, 강릉행 버스를 타고 딸네에 도착했다. 이제 내일이면 다시 시작이다!

− DAY.15 / 7월 2일 −

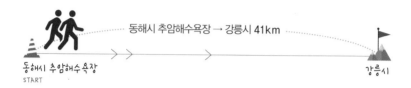

동해시 추암해수욕장 → 강릉시 41km

동해시 추암해수욕장
START

강릉시

6시에 출발하려고 했는데 6시에 눈을 떴다. 월드컵 축구 경기를 보느라 늦게 잔 탓이다. 곯아떨어진 아내를 깨우기가 좀 미안해서 7시쯤 일어나게 했다. 아침을 먹은 다음 차를 타고 동해 추암해수욕장으로 갔다. 약 한 달 전, 아내가 더 못 가겠다는 선언을 했던 곳이다. 딸의 차를 타고 떠나며 꼭 돌아오겠다고 다짐했는데 자신과의 약속을 지킬 수 있게 되어 뿌듯하다. 아내와 나는 우리가 여행을 끝냈던 그 지점에서부터 다시 걷기 시작했다.

오전 11시 반, 망상해수욕장에 도착했다. 해변에서 휴식을 취하며 자전거로 전국을 일주하는 25세 청년과 한담도 나눴다. 망상역 부근에서는 석기시대 주거 문화 발굴작업이 한창이었다. 그런데 50년 이상 된 소나무들을 함부로 제거하는 모습이 좋아 보이질 않았다. 나무들은 다른 곳으로 이동시키고 발굴작업을 할 순 없었던 걸까? 아쉬웠다. 기념사진을 한 장 찍으려고 했더니 관리자가 제재했다. 그래, 좋은 모습이 아니라는 건 그들도 알았던 게지.

　오늘 일정은 재미있다. 딸의 집에서 출발해서 다시 딸의 집으로 돌아간다. 강릉에 도착하니 딸이 우리를 데리러 왔다. 딸은 만나자마자 엄마 옷이 촌스럽단다. 덕분에 아내는 딸아이가 사준 새 등산복을 입게 되었다. 저녁은 딸의 집에서 삼겹살을 구워 먹었다.

　"오늘은 어땠어요?" 딸이 물었다.

　"날씨가 도와준 것 같아. 구름이 껴서 땀을 많이 안 흘렸어." 40km가 넘는 거릴 걸었는데도 그다지 큰 피로가 느껴지지 않는 하루였다. 앞으로도 오늘 같은 컨디션이라면 좋겠다.

– DAY.16 / 7월 3일 –

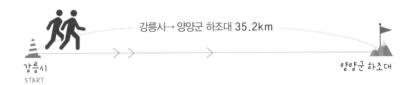

강릉시 → 양양군 하조대 35.2km

강릉시
START

양양군 하조대

　딸은 머리 뒷부분에 스트레스성 피부질환을 가지고 있다. 한 달 전 쯤과 약으로 치료를 했고, 오늘 다시 확인했을 땐 거의 완치되어 있을 줄 알았다. 그런데 20~30%밖에 나아 있질 않았다. 걱정스럽다. 어서 고향으로 데려가 치료를 해 주고 싶었다. 딸은 7월 말 휴가를 받아 내려오겠다고 했다. 그때 다시 치료를 해 봐야겠다.

어젠 일찍 잠들었다. 새벽같이 일어나 출발하려고 했는데 나만 일찍 일어나면 뭘 하나. 동반자가 아직 꿈나라인 걸. 비가 내리고 있으니 아내는 좀 늦게 출발하고 싶었던 것 같다. 하지만 장마철에 접어든 때이니만큼 비가 쉽게 그칠 리 없지 않은가. 아내는 8시 반에 느지막이 일어났다. 기다려도 비가 그치지 않아 9시에 출발했다.

7번 국도를 따라 걸으며 딸이 교직원으로 있는 강릉대학교를 지나쳤다. 딸이 걱정하지 않도록 안전한 여행을 해야겠다. 비옷을 입고 걸었지만 그리 부담스럽지 않았다. 촉촉이 내리는 비를 맞으며 걷는 것도 나름 운치가 있었다. 내리다 그치길 반복하던 비가 오후 4시쯤 거세졌다. 먹구름이 잔뜩 끼면서 주위가 어두워졌다. 차들도 헤드라이트를 켜고 달렸다. 이럴 땐 정신 바짝 차리고 안전에 신경 써야 한다. 운전자들이 사람을 인식할 수 있도록 눈에 잘 띄는 옷을 입거나 사인을 보내 줘야지 당연히 알 것이라고 무턱대고 걸어가면 사고의 위험이 있다. 나는 우리를 마주보고 달리는 차를 향해 붉은색 장갑을 낀 손으로 계속 사인을 보내 주었다.

오늘은 35km만 걷기로 했다. 비가 많이 내리고 있고, 컨디션도 조절해야 하니 무리하지 말아야 한다. 내일 또 걸어야 할 것 아닌가?

– DAY.17 / 7월 4일 –

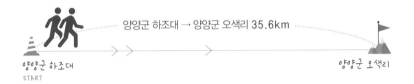

양양군 하조대 → 양양군 오색리 35.6km

양양군 하조대
START

양양군 오색리

아침 6시에 일어나 면도하고 간단히 세수를 했다. 그런 다음 자고 있는 아내 발마사지를 하고 약도 발라 주었다. 나는 쑥떡, 아내는 인삼즙을 한 팩 먹고 7시 40분 출발했다. 먼저 하늘의 표정을 살폈다. 구름이 약간 있었지만 비가 올 것 같지 않았다. 곧 구름이 걷히고 여름 햇살이 쏟아졌다. 얼른 선글라스를 꺼내어 썼다. 햇살은 따갑지만 이런 날이 기분은 좋다. 그래서인지 발걸음도 빨라졌다.

늘푸른 휴게소에 도착한 시각이 오전 9시. 김치찌개를 시켰는데 반찬으로 나온 젓갈 맛이 아주 좋았다. 차를 가지고 왔으면 좀 사가는 건데 그럴 수 없어 아쉬웠다. 오랜만에 밥을 두 그릇이나 먹었다. 그 덕인지 점심시간이 지나도 배가 고프지 않았다. 그래서 점심을 건너뛰고 팥빙수를 먹으며 휴식을 취했다. 오후가 되니 날씨가 더 더워졌는데, 팥빙수로 속을 식히고 난 뒤라 그런지 수월하게 더위를 견뎠다.

양양에서 7번 도로를 타고 오다가 44번 인재 방향으로 도로를 바꿔 탔다. 3시 반쯤 양양군 서면에 있는 물레방아 휴게소에 도착해 음료수를 마시며 쉬었다. 대청봉에서 내려온 물줄기가 맑은 곳이었다. 젊은 손님 한 무리와 70대 손님 한 무리가 먼저 자리를 차지하고 있었다. 그런데 혼자 가게를 보고 있는 주인 남자가 어째 안절부절못하는 것 같았다. 오늘이 처갓집 제삿날인데 손님들이 자리를 떠나지 않아 아주머니만 먼저 보내고 계속 기다리는 중이라고 했다. 손님들 품새가 금방 떠날 것 같아 보이진 않았다. 남자가 애가 탈 만도 했다.

  5시. 오늘의 목적지 오색리에 도착했다. 저녁은 순두부에 맥주 한 잔을 곁들였다. 어서 내일을 준비하고 푹 쉬어야겠다.

맑은 물가에 앉아 휴식을 취하며

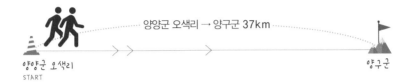

양양군 오색리 → 양구군 37km

양양군 오색리
START

양구군

6시에 일어나 씻고 순두부로 아침 식사를 했다. 상쾌한 아침이다. 깊게 숨을 들이마셔 보았다. 오색의 공기는 맑고 아늑하다. 일 년 전 수녀님들과 대청봉을 등산할 때 들른 오색도 이런 느낌이었다. 문득 25년 전 아내와 둘이 대청봉에 올라 산에서 자고, 이른 아침 산내음을 맞으며 내려오던 일이 생생하게 떠올랐다.

아내와 둘이 잡담을 나누며 오색에서 한계령까지의 오르막길을 서두르지 않고 천천히 걷다 보니 시간이 금방 흘렀다. 11시, 휴게소에서 시원한 냉커피 한 잔씩 하고 나오자 금방 찬 기운이 돌았다. 920m에서 마주한 하늘은 더없이 푸르고 화창했다. 좀 더 머물고 싶었지만 산 정상의 날씨는 변화무쌍해 서둘러 내려가야 했다. 아내는 몸조심하라는 딸아이의 전화를 받고 기분이 좋아 보였다. 설악광장 삼거리에서 점심으로 산채비빔밥을 먹었다.

우리는 44번 도로에서 인제, 양구 방향으로 가는 31번 도로로 접어들었다. 이곳은 과거 군사도로였다. 숙소를 잡으려고 했지만 펜션과 민박뿐이고, 막상 전화를 해 봐도 마음에 들지 않거나 방이 없었다. 오후 7시가 다 되어 갔다. 산길이라 날이 빨리 저물 것이 염려되었다. 양구까지 지나가는 차를 얻어 타고 가 보려고 했는데 모두 우릴 그냥 지나쳤다. 어쩔 수 없이 콜택시를 불렀다.

- DAY. 19 / 7월 6일 -

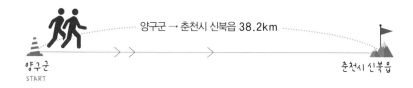

양구군 → 춘천시 신북읍 38.2km

양구군
START

춘천시 신북읍

어제 숙소 잡기가 쉽지 않았다. 양구는 군사도시라 그런지 거리에 군인이 많아서 활기찬 느낌이었다. 그런데 주말이라 모텔이 비싸고 방도 없었다. 몇 군데 퇴짜를 맞고 어렵고 방을 구했다. 산길에서 택시를 타고 왔는데 숙소도 구하기 어려워서 신경을 많이 쓴 것 같다. 아침이 되어도 피로가 풀리지 않았다.

12시, 뙤약볕을 받으며 걷고 있는데 박선생에게 전화가 걸려 왔다.

오존주의보가 발령되었으니 피부 조심하라는 말이었다. 이렇게 매번 내 생각을 하고 전화를 해 주니 고마운 일이었다. 아내와 같이 선크림을 한 번 더 발랐다. 어느덧 소양강 상류에 와 있었다. 물을 살려고 근처 식당에 들어갔더니 앞으로 가게 될 길 위엔 식당이 없다고 했다. 그래서 냉면과 김밥으로 점심을 먹었다.

터널을 지나고 나니 또 다른 터널이 나타났다. 마지막으로 들어선 곳은 배후령 터널이었다. 길이가 무려 5,057m로, 우리나라에서 가장 긴 터널이었다. 터널 입구로 빨려 들듯 들어간 게 4시였는데 터널을 벗어나서 시간을 보니 5시였다. 무려 1시간이나 터널 속을 걸은 셈이다. 공기가 탁하고 지나가는 차들의 소음 때문에 정신이 하나도 없었다.

터널 밖으로 나와 다시 한참을 걸었더니 춘천시 신북읍이었다. 저녁은 소양강댐 근처 식당에서 닭갈비를 먹었다. 다른 곳에서 먹던 맛과는 왠지 달랐다. 본고장이라 그런가. 맛이 훨씬 좋았다.

– DAY. 20 / 7월 7일 –

춘천시 신북읍 → 경기도 가평군 38km

춘천시 신북읍
START

경기도 가평군

오늘은 기상이 늦었다. 김치찌개로 아침을 먹고 출발했다. 46번 도로를 걷다가 70번 도로를 타고 신매대교를 건넌 뒤 다시 403번 도로로 갈아탔다. 중간에 슈퍼에 들러 음료수를 마셨다. 가게 주인이 우리를 신기하게 보며 말했다. "이렇게 같이 걷는 부부는 외국인들 밖에 못 봤어요. 제가 본 한국 부부는 두 분이 처음입니다." 그리고 4~5년 전까지만해도 이렇게 도보 여행을 하는 대학생들이 많았는데 요즘은 거의 볼 수없다고 했다. 왜 요즘 젊은이들은 도보 여행을 하지 않는 걸까? 내가 젊을 때는 전국일주 하는 학생들이 많았는데……. 도보 여행자가 줄어들고 있다니 왠지 서글픈 일이다. 가게 주인이 걷기 좋은 길을 추천해 주었다. 그의 말대로 의암호 옆 자전거 도로에 접어들었다. 넓은 호수와산, 나무가 어우러진 풍경이 우릴 맞아 주었다. 12시 무렵 눈에 보이는식당에 들어갔다. 자전거 여행을 하는 사람들이 많이 들르는 식당이라고 한다. 된장국 맛이 참 좋았다. 우리가 걸어서 전국투어를 한다는 소리를 듣고 아주머니는 오이를 한 묶음 씻어 주었다. 길을 걷다가 시장하고 목마를 때 먹으라면서. 오늘도 이렇게 따뜻한 마음을 받았다.

 오후 4시. 강촌역 부근 카페에서 팥빙수를 먹었다. 가격은 비쌌지만잠시 여유를 찾을 수 있었다.

 "근데 오늘은 또 어디서 자야 하지?"

 "그러게. 매일 그게 걱정이네."

 오후만 되면 늘 잠자리가 문제다. 여행자의 하루는 어찌 이리도 단순하고 원초적인지……. 가평까지는 아직 갈 길이 멀고 주변에는 비싼 펜션뿐이었다. 아내는 그냥 가평까지 가자고 했다. 그러기로 하고 걷는 길에 본당 수녀님의 전화를 받았다. 34도의 무더위 속을 걷고 있는 우리를 염려하고 계셨다. 몸이 지쳐 갈 때였는데 수녀님의 응원이 힘이 되었다.

   다행히 가평에서 가격이 괜찮은 펜션 한 곳을 찾았다. 펜션이라 음식도 해 먹을 수 있었다. 우리는 라면과 공깃밥을 사서 간단한 저녁을 먹기로 했다. 주인에게 김치도 얻었다. 김치 한 그릇이 더해지는 더 바랄 것 없이 풍요로운 저녁상이 되었다.

— DAY. 21 / 7월 8일 —

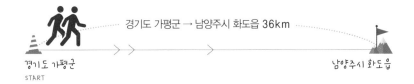

경기도 가평군 → 남양주시 화도읍 36km

경기도 가평군
START

남양주시 화도읍

[잘 지내다 갑니다. 정말 고맙습니다. 건강하시고 순천에 꼭 한번 놀러오세요.]

   펜션을 나오면서 메모를 남겼다. 이곳에서 하룻밤이 너무나 따뜻했기 때문이다. 어제저녁을 먹고 주인과 손님들이 함께 어울렸다. 기타를 치면서 노래도 부르고, 소망을 적은 종이풍선에 불을 붙여 하늘로 날려 보냈다. 아내는 두 손 모아 가족의 건강을 기도했다. 펜션 주인이 우리가 도보 여행을 하고 있다고 하자 손님들이 박수를 쳐 주었다. 그리고 우리의 길에 행운이 깃들기를 바라는 마음으로 함께 노래를 불렀다. 뜻밖의 선물을 받은 듯 행복한 순간이었다. 이곳에서의 하룻밤은 아름다운 북한강변의 풍경과 함께 오래도록 잊지 못할 추억이 될 것 같다.

8시 40분. 조금 늦은 출발이다. 태풍 너구리의 영향으로 전국에 산발적으로 소나기가 내린다는데 여긴 햇살이 따가웠다. 소음과 매연이 없는 강변길을 따라 걸으니 기분이 쾌청하다. 관광객 한 사람이 우리 부부에게 보기 좋다는 말을 했다. 칭찬을 들으니 발걸음이 더 가벼웠다.

오늘도 어김없이 묵주를 손에 들고 성모송을 시작했다. 매일 출발과 함께 하는 일이다. 오늘 하루도 무사히 목적지까지 갈 수 있기를 바라며 1,000단의 기도를 올렸다. 평균 2시간이 걸리는데 오늘도 비슷하게 끝났다.

오후 3시, 청평댐 아래에서 휴식을 취했다. 그리고 다시 남양주시 화도읍을 향해 걸었다. 마석터널 부근에 도착했을 때 비가 올 조짐이 보였다. 터널을 지난 뒤 비옷을 갈아입어야지 했는데 터널을 통과하니 해가 반짝 얼굴을 내밀었다. 34도였던 어제보다 온도는 낮았지만 오늘도 만만치 않게 더운 날씨였다. 아내와 조그만 우산으로 햇빛을 가리며 걸었다. 오늘은 화도읍이란 곳에서 하룻밤을 보내게 되었다. 내일은 하남시까지 갈 것이다.

우리 부부의 소망을 담은 종이풍선을 하늘로 날리던 밤. 내 마음도 함께 두둥실 떠올랐다.

－ DAY. 22 / 7월 9일 －

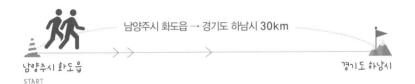

남양주시 화도읍 → 경기도 하남시 30km

남양주시 화도읍
START

경기도 하남시

오늘 아침은 아내를 푹 자게 두었다. 하루쯤 이렇게 늦잠을 자며 피로를 풀어야 걷기도 좋은 것이다. 느지막이 9시쯤 식당에서 백반을 먹고 출발했다. 양평, 양수리 쪽으로 방향을 잡았다. 오늘은 아침부터 후덥지근했다. 비가 올 조짐이었나 보다. 비가 내려서 비옷을 입고 자전거 도로를 따라 걸었다. 한참 걷다가 운동을 하던 한 남자와 대화를 나누게 되었다. 말이 잘 통해서 같이 점심을 먹고, 차도 마셨다. 낯선 사람들과의 교감이 여행의 또 다른 묘미가 아닌가 한다.

경기도 하남시의 팔당댐에 이르자 피로가 몰려왔다. 내내 비를 맞으며 걸어서인지, 휴식처를 빨리 구하지 못해서인지 무척 피곤했다. 빨리 밥을 먹고 쉬어야겠다는 생각뿐이었다. 오늘 피로는 오늘 풀어야 내일 걷는 데 지장이 없으니까.

– DAY. 23 / 7월 10일 –

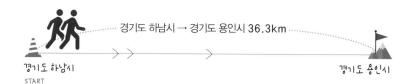

경기도 하남시 → 경기도 용인시 36.3km

경기도 하남시
START

경기도 용인시

어제저녁 셔츠를 벗고 에어컨 바람을 쐰 게 화근이었나 보다. 자고 일어나니 옷이 땀으로 젖어 있고 콧물도 흐르고 감기 기운이 돌았다. 몸이 안 좋아지면 남은 일정에 영향을 미칠 텐데 걱정이다. 기운을 회

– 길 위에서 –

복하기 위해 뜸을 뜨고 꿀물을 타서 먹었다. 그리고 9시에 출발했다.

　아스팔트가 아침부터 이글거렸다. 오늘도 더울 것 같았다. 길가 편의점에서 삼각김밥과 주스를 아침 대신 먹었다. 하남시 천현삼거리에서 43번 도로를 탔다. 점심은 추어탕을 먹었는데 아내가 한 술 뜨더니 숟갈을 내려놓았다. "왜? 입맛에 안 맞아?" 내 말에 고개를 젓더니 밥공기에 물을 부었다. 그리고 밥만 훌훌 입에 떠 넣었다. 입맛이 없어도 챙겨 먹지 않으면 걷는 데 지장이 생기니 억지로라도 먹는 것이다.

　혹시 더위를 먹은 건가 걱정하고 있는데 아내가 짜증을 냈다. 시집을 잘못 왔단다. 또 그 레퍼토리인가? 그래, 짜증을 내도 좋다. 그러니 제발 아프지만 말았으면 좋겠다. 중간중간 쉬면서 갔지만 아내의 컨디션은 돌아오지 않았다. 내비게이션으로 주변 숙소를 검색해 보니 한국외국어대 용인캠퍼스 부근에 모텔이 있었다. 맥을 못 추는 아내를 끌다시피 데리고 목적지에 도착했다. 아, 오늘은 정말 힘들었다.

- DAY. 24 / 7월 11일 -

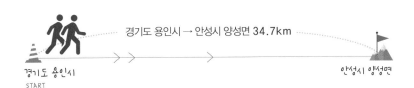

경기도 용인시 → 안성시 양성면 34.7km

경기도 용인시
START

안성시 양성면

아침부터 아스팔트가 뜨겁게 달아올랐다. 이런 열기라면 오늘도 힘든 일정이 될 것 같았다. 그나마 태풍의 영향인지 단순히 차들이 일으킨 바람인지는 몰라도 간간히 스치는 바람이 시원함을 주었다. 물론 매연이 섞여서 목이 칼칼해졌지만 땀을 식혀 주는 바람의 존재가 고마웠다.

점심은 콩국수를 먹었는데 반찬이 맛있었다. 주인아주머니의 고향을 물었더니 전남 광주라고 했다. 역시 전라도의 맛이 최고다. 더운데 도보 여행 하느라 고생한다며 누룽지를 한 움큼 챙겨 주셨다. 고맙습니다!

45번 도로는 화물차들이 많이 지나갔다. 도로 쪽엔 슈퍼가 없어서 밖으로 나왔다. 편의점을 찾아서 시원한 물을 샀다. 땀을 얼마나 많이 흘렸던지 한 병씩 마신 뒤에도 갈증이 풀리지 않았다. 냉커피, 아이스바까지 먹었더니 좀 살 것 같았다. 땀을 식히면서 안성시 안성동 부근의 모텔을 검색했다. 도착해서 머뭇거리면 지쳐 버린다. 전화를 걸었더니 방이 있다고 해서 안심했다.

오늘은 35km 가까이 걸었다. 모텔에 여장을 풀고 근처 식당에서 엄나무닭을 먹었다. 시원한 국물이 하루의 피로를 씻어주는 듯했다. 오늘 하루도 이렇게 지나가는구나.

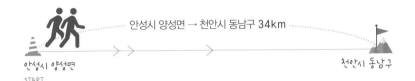

안성시 양성면 → 천안시 동남구 34km

안성시 양성면
START

천안시 동남구

다시 걷기 시작하고 열흘이 흘렀다. 갈수록 피로가 쌓였다. 아침부터 컨디션이 별로다. 모텔을 나와 23번 도로로 걸어가기 시작했다. 양성읍 버스터미널에서 포도를 샀다. 포도는 비타민이 많아서 피로회복에 최고다. 포도를 먹으며 좀 쉬고 있는데 그 지방에서 콜밴을 모는 50대 초반의 남자가 말을 걸었다.

"어데까지 가시는데?"

"예, 천안까지요."

들고 보니 말이 짧다. 말투도 그렇고 행동도 약간 건달기가 있어 보였다.

"이거 먹어봐요." 우리만 먹기 그래서 포도를 권했다. 그런데 돌아온 대답이 "응."이었다.

남자는 길을 가르쳐 준다며 우리더러 천안 방향 23번 도로를 타지 말고 평택 방향의 시골길로 가라고 했다. 혹시나 해서 그 말을 믿고 갔는데 엉뚱한 곳이었다. 헛웃음이 났다. 10km나 잘못 걸어왔다. 아무리 손님이 없어도 그렇지 여행객에게 엉뚱한 길을 안내하다니……. 짜증이 났지만 할 수 없었다. 마침 점심시간이라 중국집으로 들어갔다. 나는 냉면, 아내는 콩국수를 시켰다. 우리가 음식을 주문하고 나니 장애인 2명과 안내자 1명이 들어왔다. 얘길 나눠 보니 천주교인들이었다. 아내가 나더러 음식 값을 내라고 옆구리를 찔렀다. 나오면서 그들 모르게 계산을 했다. 주인이 웃으면서 얼음물을 한 병 건넸다. 그리고 길도 안내받았다.

23번 도로는 지도에 나온 것과 달리 4차선이었다. 용인보다 차가 덜 다녀 걷기 편했다. 오늘은 나를 잘 따르는 외조카가 천안으로 응원하러 온다고 했다. 34km를 걸어 천안에 도착해서 터미널 부근에 모텔을 잡았다. 얼마 후 조카가 왔다. 서울에서 삼촌을 응원하러 천안까지 와 준 조카가 그렇게 반가울 수 없었다. 셋이서 낙지볶음에 맥주 한 잔 하며 즐거운 저녁을 보냈다.

- DAY. 26 / 7월13일 -

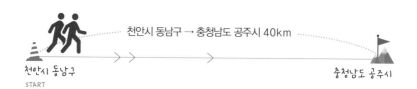

천안시 동남구 → 충청남도 공주시 40km

천안시 동남구
START

충청남도 공주시

- 길 위에서 -

아내의 발 통증이 심해지고 있다. 매일 발마사지에 약을 바르고 걷기 편하도록 처치도 하고 있지만, 아무리 정성을 들여도 오후가 되면 통증이 다시 찾아왔다. 오늘은 구름이 많고 습도가 높다. 이렇게 습도가 높고 후덥지근한 날이 걷기 더 힘들다. 천안역 앞에서 아침을 먹고 조카와 헤어졌다. 오늘도 우리는 앞으로 걸어가야 한다. 하지만 얼마나 더 걸을 수 있을까. 아내가 통증을 견딜 수 있을까. 먹구름처럼 근심이 마음에 내려앉았다.

23번 도로를 찾아 걷기 시작했다. 차가 그렇게 많진 않았지만 소음과 매연을 피하려고 지방도로와 번갈아 가며 걸었다. 도중에 방울토마토와 천안 명물 호두과자를 먹어서인지 점심때가 지나도 배가 고프지 않았다. 도로 밑 터널에서 쉬고 있는데 아침에 헤어진 조카에게서 전화가 왔다.

"잘 가고 계세요?"

"음, 잘 걸어가고 있지."

"숙모는요?"

"숙모도 발이 좀 아프지만 잘 걸어가고 계셔."

전화를 바꿔 주었더니 아내가 힘들다고 애교 섞인 푸념을 늘어놓았다. 그 말에 조카는 힘내라고 응원하는 것 같았다. 내가 다시 전화를 받자 조카가 말했다. "삼촌이 자랑스러워요!" 그 말에 힘이 솟았다. 그런 말을 듣고 어떻게 중간에 포기할 수 있을까? 끝까지 힘을 내서 걸어갈 것이다.

충청남도 공주시에 들어섰다. 연꽃이 핀 냇가와 자전거도로, 대나무가 있는 쉼터가 조성되어 있었다. 그곳에서 사진을 몇 장 찍고 나니 아내가 다시 발 통증을 호소했다. 서둘러 모텔을 잡았다. 편의점에서 얼음을 사다가 찜질을 해 주었다. 하루 종일 걷느라 피가 발끝에 모이니 발가락 통증이 점점 심해지는 것이다. 얼음찜질 덕에 통증을 어느 정도 가라앉힐 수 있었다. 아내는 저녁을 안 먹는다기에 혼자 나가서 청국장을 먹었다. 푸짐하게 주니 더 맛있었다. 아침 식사가 된다고 하니 내일 아내를 데리고 와서 먹어야겠다.

모텔 창문으로 밖을 보았다. 하늘이 흐려 별빛은 보이지 않았다. 날이 어두워져서 멀리 금강이 흐르는 모습도 볼 수 없었다. 문득 중학생 때 수학여행을 왔던 부여와 백마강이 생각났다. 철없던 시절, 아무 생각 없이 마냥 뛰어 놀기만 했었지……. 금강이 날 추억에 잠기게 하는 구나. 참 빠르게 지나간 시간들이다.

- 길 위에서 -

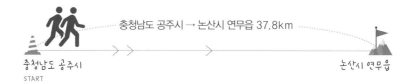

충청남도 공주시 → 논산시 연무읍 37.8km

충청남도 공주시
START

논산시 연무읍

점점 일어나기가 힘들어진다. 아픔을 참고 견디는 것도 기도라 생각하며 인내하고 있지만……. 이제 지칠 때도 된 것 같다. 아내는 나보다 더 심각하다. 통증을 얼마나 더 참고 걸을 수 있을까? 오늘 논산에 도착하면 외과병원부터 들러야겠다는 생각을 했다.

아침을 먹고 23번 도로를 따라 걷기 시작했다. 아침부터 기온이 올라가서 팥죽 같은 땀방울이 뚝뚝 떨어졌다. 땀을 한 손으로 훔쳐가며 그저 앞으로 걸었다. 얼마 뒤 아내 입에서 또 넋두리가 나왔다. 당신을 만나 팔자에도 없는 고생을 한다고. 시집을 잘못 왔다고. 대꾸도 안 했지만 마음이 급해졌다. 병원 문 닫기 전에 논산에 도착해야 할 텐데. 그동안 내가 할 수 있는 것은 다 해 주었다. 마시지를 하고 침과 뜸을 놓아도 통증이 계속된다면 근육에 염증이 생겼다는 것이다. 이럴 땐 병원에서 치료해야 한다. 고통스러워 하는 아내가 안쓰러울 뿐이었다.

논산에 도착해서 신경외과부터 찾았다. 터미널 부근에 한 곳이 있었다. 의사에게 발을 보이니 내 예상대로 근육에 과도한 피로가 쌓여 염증이 생긴 것이라고 했다. 물리치료에 주사, 약까지 먹었더니 금방 효과가 있었다. 아내가 괜찮아졌다며 더 걸어가자고 하는 게 아닌가. 좀 더 일찍 병원에 데려올 걸 그랬나 보다. 터미널에서 연무읍까지는 약 10km 정도다. 아내와 복숭아도 사 먹고 세상 돌아가는 얘기를 나누며 걸었다. 발이 아프지 않으니 마음의 여유가 생긴 듯했다.

　연무읍까진 편하게 도착했다. 식당에서 저녁으로 갈치조림을 시켰다. 그런데 아내가 주인 여자가 절뚝이는 것 같다고 했다. 얘길 들어보니 7년 전부터 류마티스 관절염을 앓고 있으며, 대학병원에서 치료를 해 보았지만 잘 낫지 않는다고 했다. 식사를 마치고 침과 뜸을 놓아주었다. 계속 치료를 받으라고 말하고, 내 연락처도 알려 주었다.

－ DAY. 28 / 7월 15일 －

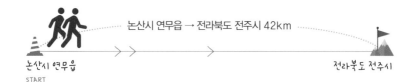

논산시 연무읍 → 전라북도 전주시 42km

논산시 연무읍
START

전라북도 전주시

잠자리가 그다지 편치 않았고 아침부터 안개도 자욱했다. 그래서인지 산뜻한 기분이 나지 않았다. 7시에 일찍 모텔을 나섰다. 오늘 하루도 무사히 보내길 바라는 마음으로 묵주기도를 드리며 하루를 시작했다. 약기운 때문인지 다행히도 아내가 발 아프다는 소리를 하지 않았다.

장마의 영향으로 하늘에 구름이 잔뜩 끼어 있다. 1번 도로로 들어섰다. 차가 많지 않았지만 그렇다고 적지도 않았다. 이럴 때 더 긴장해야한다. 도로를 걷는 것에 익숙해져서 방심하지 않도록 나 자신에게 자꾸 경각심을 주었다. 1번 도로와 그 옆 지방도로를 번갈아 가며 걸었다.

12시 무렵 전주에 계시는 수녀님께 전화가 왔다. 의료 봉사를 한 덕분인지 많은 수녀님들이 우리를 위해 기도해 주고 계셨다. 수녀님은 오늘 성당에서 자고 가라고 하셨다. 혹시 폐를 끼치는 건 아닐까, 아내가 불편하진 않을까 염려가 되어 우선 아내의 생각을 물어보았다. 다행히 아내가 괜찮을 것 같다고 하기에 전주에 도착하자마자 전화를 드렸다. 수녀님은 원장 수녀님의 병 치료 때문에 순천에 다녀오셨다고 했다. 함께 냉면으로 저녁을 먹고 성당에서 하룻밤을 쉬어 갔다. 수녀님이 수박, 토마토, 자두, 체리를 내어 주셔서 수분과 비타민도 듬뿍 섭취했다.

- DAY. 29 / 7월16일 -

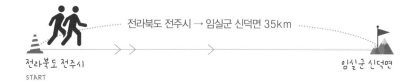

전라북도 전주시 → 임실군 신덕면 35km

전라북도 전주시
START

임실군 신덕면

아침에 일어나니 수녀님이 아침상을 보고 계셨다. 진수성찬을 준비해 주셔서 황송할 따름이었다. 옻닭에 콩밥으로 든든한 아침을 먹었다. 수녀님은 먹다 남은 음식과 찐 감자, 찐 계란, 빵, 사과, 자두를 싸 주셨다. 중간에 식당이 없으면 먹으라고 하셨다. 이 많은 걸 어떻게 다 먹을까. 수녀님의 넉넉한 마음에 종일 밥을 안 먹어도 배가 부를 것 같았다. 수녀님과 사진을 한 장 찍고 8시 반에 출발했다.

17번 도로를 탔는데 차가 너무 많았다. 조금 돌아가더라도 안전하게 가려고 국도인 749번 도로를 선택했다. 강곡마을을 지나고, 불재고개를 넘어 49번 도로를 탔다. 그 길로 쭉 걸어 임실군 신덕면에 도착했다. 신덕우체국 앞 식당에서 점심을 먹었는데 시골인심이 좋았다. 밥을 먹은 뒤 사람이 다니지 않는 한적한 시골길을 걸었다. 공기도 좋고 소음도 없으니 캠핑이라도 가는 기분이었다. 삼거리에서 745번 도로를 타고 임실 쪽으로 가다가 다시 17번 도로로 바꿔 걸었다.

- 길 위에서 -

오후 3시쯤 되니 슬슬 피곤해졌다. 아내는 다시 발이 아프다고 했다. 염증이 다시 도지면 큰일이다. 서둘러 남원에 도착해서 광한루 부근에 여장을 풀었다. 내일은 섬진강 상류부터 걸어야겠다.

저녁을 먹으러 들어간 식당에서 돼지고기 목살을 주문했다. 그런데 다른 음식이 나왔다. 음식이 잘못 나왔다고 했더니 70대의 여주인이 그냥 먹으라고 했다. 어이없는 행동을 따져 물으려다가 구부정한 허리, 시름에 젖은 얼굴을 보고 그만두었다. 몸이 힘들어 보이는데 이제 그만 쉬시지 왜 계속 일을 하느냐고 물었더니 사정이 있단다. 아들이 지난 4월, 51세의 나이로 먼저 세상을 등졌는데 베트남 며느리에 손자가 4명이나 되었다. 아이들이 아직 어려서 일을 그만두지도 못한다는 것이다. 그 말을 듣고 마음이 많이 아팠다. 생때같은 자식을 잃고 이제 남은 손자들을 부양해야 하는 마음을 누가 헤아릴 수 있을까.

— DAY. 30 / 7월 17일 —

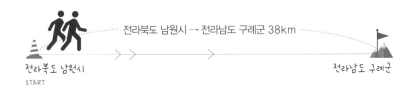

전라북도 남원시 → 전라남도 구례군 38km

전라북도 남원시
START

전라남도 구례군

이른 아침 친구에게서 전화가 왔다. 호주로 이민 간 친구인데 잠시 한국에 들어와 있었다. 친구는 원래 나와 함께 도보 여행을 떠나려고 했다. 그런데 여러 가지 사정으로 우리만 가게 되었다. 친구가 날 응원하러 오겠다고 했다. 반가운 얼굴을 볼 생각을 하니 힘이 났다.

모텔을 나와서 섬진강 상류인 요천을 따라 걷기 시작했다. 강하구까지 자전거도로가 이어져 있다고 하기에 17번 도로 대신 이 길을 선택했다. 중간중간 소 사육장이 보였다. 규모가 큰 사육장에서는 악취가 풍기기도 했지만 강을 따라 걷는 것이 일반 도로를 걷는 것보다 나았다.

요천 하수처리장에 이르렀을 때 친구가 도착했다. 친구의 존재가 이토록 힘이 될 줄이야. 우선 함께 점심을 먹으러 갔다. 내 얼굴만 보고 돌아갈 줄 알았던 친구가 같이 걷고 싶단다. 그런데 차를 가지고 와서 몇 킬로미터 앞에 차를 세워 두고 다시 우리에게 걸어가기로 했다. 중간 지점에서 만나 함께 걷다가 친구는 다시 차를 타고 몇 킬로미터 앞으로 갔다가 되돌아오길 반복했다. 조금씩 내리던 빗줄기가 오후가 지나면서 거세졌다. 친구는 장대비가 내릴 땐 차에서 기다렸다가 비가 좀 잠잠해지면 다시 걸어왔다.

곡성 출렁다리 부근에서 잠시 쉬었다가 다시 걸었다. 오늘은 강변길을 걸어서 매연을 맡진 않았지만 비 때문에 온몸이 축축해지는 느낌이었다. 마침내 구례군에 도착했다. 모텔에 여장을 풀고 저녁으로 참게탕을 먹었다. 친구와 함께해서 더 특별한 저녁이었다.

- DAY. 31 / 7월 18일 -

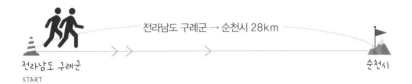

전라남도 구례군 → 순천시 28km

전라남도 구례군
START

순천시

지난밤에 푹 자지 못했다. 평소엔 피곤해서 곯아떨어졌는데 어제는 이상하게 집 생각이 뇌리에서 사라지질 않았다. 이미 팔아버린 걸 더 생각해서 뭐한단 말인가? 생각을 내 마음대로 멈출 수 없다는 게 화가 났다. 더 이상 하고 싶지 않은 생각들이 잠결까지 날 따라와서 괴롭혔다. 오늘이면 집에 도착하기 때문일까.

출발준비를 하고 있을 때 어젯밤 헤어진 친구에게 오늘도 함께 걷고 싶다고 전화가 왔다. 우리가 8시 반 출발하고 한 시간이 지났을 때 친구가 오토바이를 타고 왔다. 그는 우리 배낭을 오토바이에 싣고 2~3km 앞서 나갔다가 다시 우리 쪽으로 왔다. 그렇게 어제처럼 왔다 갔다 하며 함께 길을 걸었다.

11시 반, 국밥집에서 점심을 먹고 17번 도로를 타고 걸었다. 계속 걷다 보니 어느덧 순천이었다. 떠난 지 얼마 되지도 않았는데 아주 오랜만에 돌아오는 기분이다. 송치재를 지나서 얼마나 걸었을까. 장대비가 내렸다. 친구의 오토바이가 멀찌감치 우리를 기다리고 있었다. 인생의 궂은 시기에도 힘을 내어 나아가야 하는 것처럼, 아무리 비가 내려도 우린 걸음을 멈출 수 없었다.

4시 반, 드디어 순천시 서면 삼거리에 도착했다. 친구가 박수를 쳐 주며 말했다. "대단하다. 나는 하고 싶어도 못할 것 같아. 이거 보통 일이 아니네." 순천에서 시작해 순천으로 돌아온 31일간의 여정이 드디어 끝났다. 친구 말대로 보통 일은 아니었다. 나는 왜 그 고통과 시련을 견디면서도 이 도전을 끝까지 하고 싶었던 걸까……. 당장은 별 생각이 들지 않았다. 차차 생각해 볼 참이다. 이제 열흘 후면 제주도로 떠난다. 잘 쉬면서 준비해야겠다.

집에 돌아가니 아들 녀석이 우릴 보고 함박웃음을 지었다. 그리고 엄지를 척 들어 보였다.

‒ DAY. 32 / 7월 28일 ‒

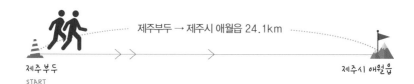

제주부두 → 제주시 애월읍 24.1km

제주부두
START

제주시 애월읍

‒ 길 위에서 ‒

안개가 자욱한 아침이다. 아내가 5시 30분에 알람을 맞추어 두었는데 5시에 일어났다. 먼저 씻고 짐을 점검했다. 그리고 알람은 꺼 버렸다. 아내는 더운 날 걷는 걸 힘들어 하니 좀 더 자도록 두었다. 6시에 아내를 깨우고 간단히 식사를 했다. 아들이 순천버스터미널까지 태워다 주었다. 버스를 타고 녹동항으로 가서 배로 제주도에 갈 생각이다. 9시에 출항하는 배를 미리 예약했다.

배 안은 왁자지껄했다. 집에서 싸온 과일을 나눠 먹는 사람들, 수다를 떠는 사람들, 화투판을 벌인 사람들. 남녀노소 모두가 즐거운 모습이다. 아내는 한켠에 누워서 잠을 청했지만 쉽게 잠들지 못하는 것 같았다. 우리가 제주도 도보 여행을 끝내는 4일 뒤, 박선생을 비롯한 친구들이 들어오기로 되어 있다. 또 제주엔 지인들도 많이 살고 있다. 친구들과 수녀님을 통해 알게 된 사람들이 많다. 그래서인지 정말 여행을 온 듯 설레는 기분이다. 오후 1시, 제주 부두에 도착했다.

한라산을 바라본 방향으로 1132호 지방 도로를 따라 걷기 시작했다. 아침에 자욱했던 안개는 사라지고 보슬비가 조금씩 내렸다. 비옷을 입고 가면 더울 것 같아 우산만 쓰고 걸었다. 1시간 정도 걸었을까. 비가 멈췄다. 이내 뙤약볕이 비추리라는 예상과 달리 날씨가 선선해서 걷는데 도움이 되었다. 오늘은 오후부터 걷는 거라 24.1km만 걷기로 했다.

오늘의 목적지 애월. 모텔은 없고 민박과 게스트하우스만 있어 눈에 보이는 게스트하우스에 짐을 풀었다. 힘이 들지는 않았지만 좀 쉬었다 걸었더니 몸이 뻐근했다. 곧 익숙해지겠지. 빨리 쉬어야겠다는 생각이 앞선다. 씻고, 마사지하고, 숙면하자!

— DAY. 33 / 7월 29일 —

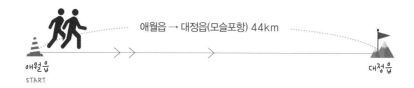

애월읍 → 대정읍(모슬포항) 44km

애월읍
START

대정읍

게스트하우스에선 낯선 사람들과 한방을 썼다. 그래서인지 쉽게 잠이 오지 않았다. 오전 5시 화장실에 다녀온 뒤 뒤척이다가 6시쯤 일어났다. 아내의 발을 마사지하고 내가 고안한 처치를 했다. 그리고 아래층으로 내려가서 아침을 먹었다. 게스트하우스에선 아침을 준다. 식빵을 구워 잼을 바르고 계란 프라이, 커피와 함께 먹었다. 간단하고 괜찮은 식사였다.

7시 반 출발. 대정이 오늘의 목표다. 거리를 계산해 보니 30km라 간단히 갈 수 있을 거라고 생각했다. 1132호 지방 도로를 따라 걸어가자 자전거 일주를 하는 사람들이 드문드문 지나갔다. 그중엔 딸과 이란성 쌍둥이를 데리고 여행하는 선교사 부부도 있었다. 다음에 손주가 태어나면 같이 자전거 여행을 해 보고 싶다.

오후 5시가 되기 전에 도착하리라던 내 예상은 보기 좋게 빗나갔다. 내비게이션 어플이 큰 길 위주로 거리를 측정했던 터라 30km가 아닌

- 길 위에서 -

44km를 걷게 된 것이다. 결국 12시간이나 걸려 대정읍에 도착했다. 아내가 다리가 심하게 아프다고 했다. 애월에서 귀덕리, 수원리, 한수리, 한림공원, 협재해변, 용문삼거리를 지나 모슬포항까지, 참 멀리도 왔다.

저녁은 갈치조림이었다. 맥주를 곁들이니 피로가 풀리는 것 같았다. 식사 후 아이스크림을 먹고 흔들의자에 앉아 밤바다를 보았다. 다리가 묵직하니 아팠지만 마음은 가볍고 설레었다. 오늘은 많이 걸은 탓에 아내 발에 물집이 잡혀 있었다. 물집을 침으로 터뜨리고 약을 발라 주었다. 내일 또 힘을 내어 걸어갑시다!

– DAY. 34 / 7월 30일 –

대정읍(모슬포항) → 서귀포시 천지연 폭포 35.9km

대정읍 START

서귀포시 천지연 폭포

어제 무리한 행군 탓에 몸이 찌뿌둥했다. 오늘은 30km만 가야지, 마음먹고 출발했다. 아내도 몸이 무거워 보였다. 길가 노점상에서 포도를 사 먹고 점심은 콩국수로 때웠다. 오후가 되자 아내가 눈에 띄게 지쳐 갔다. 오후가 되니 다시 물집이 잡힌 것이다. 중간중간 쉬어 갔지만 힘든 건 어쩔 수 없었다.

길가 슈퍼에서 쉬고 있을 때 아들에게 전화가 왔다. 우리를 괴롭게 하던 이가 내용증명을 보내왔다고 했다. 갑자기 마음에 먹구름이 몰려왔다. 하지만 집 문제는 부동산에 맡겨 두었으니 큰일이야 있겠냐 싶었다. 그렇게 마음을 달래며 몸을 일으켰다.

오후 3시, 우릴 앞서가던 차 하나가 갑자기 멈춰 섰다. 차문을 열고 나온 이는 제주도에 사는 고등학교 동창 성렬이었다. 오늘 우릴 마중 오기로 했던 친구를 중간에 만난 것이다. 서귀포에서 다시 만나기로 하고 친구에게 먼저 가라고 했다.

서귀포시에 도착해 올림픽 경기장 쪽에서 숙소를 찾았다. 하지만 찾을 수 없어서 사람들에게 물어보니 천지연 폭포까지는 가야 한단다. 그래서 1132번 도로를 벗어나 그쪽으로 방향을 틀었다. 천지연 폭포 부근에 모텔을 잡고 씻은 다음 친구에게 전화를 했다. 그리고 함께 불고기로 저녁을 먹었다. 친구는 우리 여행에 대해 궁금한 게 많았다. 여행 얘기, 사는 얘기를 나누다 보니 시간이 훌쩍 지나갔다. 제주에도 만날 친구가 있으니 참 좋구나.

- 길 위에서 -

- DAY. 35 / 7월 31일 -

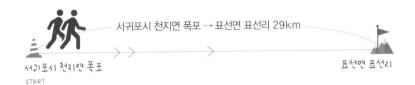

서귀포시 천지연 폭포 → 표선면 표선리 29km

서귀포시 천지연 폭포
START

표선면 표선리

어제 마신 맥주 서너 잔이 정신없이 잠에 빠지게 한 모양이다. 눈을 떠 보니 이미 아침이었다. 씻고 준비한 다음 해장국을 먹고 출발했다. 8시 40분. 오늘은 30km만 걷기로 했다. 짠 내를 실은 바람, 아름다운 제주 해안길의 풍광이 약간 멍한 내 정신을 깨어나게 했다. 걷다가 길가의 작은 레스토랑에서 국수를 먹었다.

태풍 2개가 서해안 쪽으로 몰려온다. 제주도는 태풍이 올 때마다 영향권 안에 드니 이번에도 예외는 아닐 것이다. 쇠소깍, 위미항을 거쳐 남원면을 지날 무렵 하늘이 비를 뿌렸다. 지나가는 비 같아서 쉼터에서 잠시 비를 피하고 다시 출발했다. 걷다가 제주도에 계시는 자케오 수녀님의 전화를 받았다. 표선에 도착하면 연락하라고 하셨다.

5시, 표선면에 도착해서 모텔부터 잡은 뒤 수녀님을 만났다. 그리고 함께 회를 먹으러 갔다. 횟집으로 가는 길에 백사장을 지났다. 코발트빛 바다가 펼쳐진 표선해수욕장이다. 차를 타고 이동하느라 내려서 걸

을 수 없는 게 아쉬웠다. 저녁을 먹고 모텔로 돌아갈 때는 이미 어두워
져서 백사장이 보이지 않았다. 이국적이고 아름다운 하얀 백사장. 내
일 아침 꼭 보고 가야겠다.

태풍의 영향으로 흐린 제주 하늘. 세찬 바람에 일렁이는 바다.
날 것 그대로 살아 숨 쉬는 제주도를 걸으며 우린 그 풍경과 하나가 되었다.

- 길 위에서 -

아침을 먹고 출발했더니 비가 내리기 시작했다. 이번 태풍이 비를 몰고 오는 모양이다. 태풍 나크리가 제주도를 향해 올라오고 있었지만 아직은 세력이 약한 편이다. 2km 정도 걸었을까. 비가 그치기에 비옷을 벗고 걸었다. 제주도엔 원래 바람이 많이 불지만 태풍의 영향으로 더욱 거센 바람이 불었다. 앞에서 부는 바람을 뚫고 나가기가 만만치가 않았다. 성산을 지나 오조리를 닿을 때쯤 바람의 위치가 바뀌었다. 걸음이 한결 가벼워졌다.

하포리를 지나 세화리로 들어설 무렵 승용차 한 대가 서더니 창문이 열렸다. 대정읍으로 가던 날 만난 선교사 가족이었다. 그날 길을 가다 잠시 얘기도 나눴다. 그땐 부부와 4학년인 딸 한 명, 1학년 쌍둥이들뿐이었는데 오늘은 네 살 아이도 함께였다. 알고 보니 뱃속에 곧 태어날 아이도 있었다. 요즘 같은 저출산 시대에 아이가 다섯이라니! 놀랍고도 대단하다. 40대 후반의 남자가 집에서 커피를 대접하고 싶단다. 그래서 먼저 세화리에 모텔을 잡은 다음 아이들이 좋아할 과자와 수박을 사서 하도리 그의 집으로 갔다.

며칠 집을 비워 두어서 청소가 안 되었던지 그의 아내와 아이들이 서둘러 집을 정리했다. 같이 재잘대며 청소하는 모습이 귀여워 보였다. 그가 남미에서 가져왔다는 커피를 대접했다. 그는 외국 여기저기를 다니며 목회를 했고, 최근엔 하도리 교회로 거처를 옮겼다고 했다. 또 그는 '바람공장'을 운영할 계획이라고 말했다. 풍력으로 전기를 생산하는 과정을 아이들에게 가르치겠다는 것이다. 이민욱, 김정아 부부의 삶과 꿈이 참으로 멋졌다.

"주님이 주신 이 사업을 하고자 하는 열정이 아름답습니다. 꼭 성공하리라고 믿습니다."

— DAY. 37 / 8월 2일 —

아침부터 날씨가 심상치 않았다. 태풍 나크리의 영향으로 심한 바람과 함께 비가 내렸다. 그래도 혹시나 해서 준비를 마치고 태풍의 세력이 누그러지길 기다렸다. 하지만 태풍의 기세가 누그러질 것 같지 않아 오늘 일정은 포기했다.

아침, 점심도 거른 채 빵으로 요기만 하다가 오후 3시, 바람이 좀 약해졌을 때 밥을 먹으러 밖으로 나갔다. 그런데 태풍 때문인지 대부분의 식당이 문을 닫았다. 밥 먹기도 쉽지 않은 하루였다. 어렵게 문이 열린 식당 한 곳을 찾아 곰탕을 먹었다. 활동량이 적어서 그런지 더는 배가 고프지 않아서 저녁도 걸렀다.

하루 종일 방 안에서 텔레비전만 보느라 좀 답답했지만, 넘어진 김에 쉬어 간다고 오늘 하루 잘 쉬었다. 걸을 때완 달리 하루가 참 빨리도 지나갔다.

– DAY. 38 / 8월 3일 –

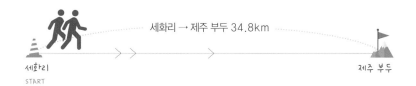

세화리 → 제주 부두 34.8km

세화리
START

제주 부두

하루를 쉬었던 터라 빨리 출발하고 싶었다. 서두른다고 했는데 8시가 되어서야 모텔을 나설 수 있었다. 날씨가 좋지 않을까 조바심이 났다. 다행히 출발할 땐 바람이 불지 않았다. 그런데 1시간 정도 지나자 비가 내렸다. 비옷을 입고 우산을 썼다가 바람 때문에 우산이 자꾸 뒤집히는 바람에 비옷만 입고 걸었다. 걷다 보니 또 날씨가 갰다. 참으로 변화무쌍한 날씨다.

아침을 먹지 않아 요구르트를 사 먹었는데 그게 잘못됐는지 아내가 계속 화장실을 갔다. 유통기한이 지난 걸 먹고 탈이 난 걸까. 나는 괜찮았는데……. 마땅한 식당이 없어서 화북동에 이르러서야 아침 겸 점심을 먹었다. 그때 벌써 오후 3시였다.

드디어 오늘 국내 도보 여행이 끝난다. 마지막 날이라 그런 지 그다지 지치질 않았다. 도보 여행을 시작한 제주 부두에 가까웠을 무렵 중국 유학 중 만난 후배 인경에게서 전화가 왔다. 모텔에 여장을 풀고 후배와 함께 제주도에서 식당을 운영하는 해군 동기 충식의 집으로 갔다. 드디어 여행을 마쳤다는 기쁨, 여러 사람들을 만난 반가움이 나를 더 크게 미소 짓게 했다.

제주에서의 일정은 편안했다. 일단 길이 걷기 좋게 잘 정비되어 있었고, 많은 친구들의 응원을 받아 든든했다. 37일간의 여정을 끝냈지만 특별한 감상에 젖진 않았다. 어쩌면 내 마음은 벌써 다음 여정을 향해 달려가고 있었는지도 모른다. 국내 여행을 잘 끝냈으니 이제 외국으로 가는 것도 문제 없겠구나 싶었다. 어디로 갈까? 스페인 산티아고가 좋을까? 성취감을 만끽하기도 전에 이미 다음을 생각하는 자신을 눈치채곤 웃음이 났다. 그래, 여기가 끝이 아니다. 그러니 이 기쁨에 오래 취해 있을 시간이 없다.

국내 도보 여행을 끝내며

8월 3일 여행을 끝내고 이틀은 관광을 했다. 박선생과 함께 오기로 했던 팀은 태풍 때문에 들어오지 못했다. 대신 호주에서 온 친구가 왔다. 그리고 중학교 동창인 복회와 그의 친구 가족들도 왔다. 제주에서 만난 우리들은 함께 어울렸다. 한라산, 쇠소깍 해변, 협재 해변, 천지연 폭포 등을 가고, 맛있는 음식도 잔뜩 먹었다. 고향 사람이 좋고 친구가 좋았다. 흐뭇한 시간이었다.

여정을 마치고 순천으로 갔더니 아들이 박수를 쳐 주었다. 그리고 딸은 말했다. "아빠는 특별한 사람이에요." 처음 내가 이 여행을 시작한다고 했을 때 그런 걸 왜 하느냐고 반대했던 딸이다. 그런 딸이 자기가 교직원으로 일하는 학교에 우리 자랑을 하기도 했단다. 부모로서 자식에게 자랑스러운 사람이 되는 것은 큰 기쁨이다.

이번 여행에서 우리의 버팀목이 된 건 자식들이었다. 발이 많이 아팠던 아내는 중간중간 포기하고 싶은 유혹이 컸다. 그럴 때마다 자식들에게 어려움이 닥쳐도 포기하지 말고 인내하며 이겨 내라는 교훈을 남겨 주자고 아내를 격려했다. 이 여행을 해내면 자식들이 부모를 얼마나 자랑스러워할까도 생각해 보았다. 아내도 부모로서 어려움을 극복하고 성공한 모습을 보여 주고 싶다며 힘을 냈다. 우리의 도전이 자식들에겐 백 마디의 잔소리보다 더 큰 교훈으로 남았을 것이다.

자식들뿐만 아니다. 우리의 무사 여정을 기도해 주신 수녀님들, 매일 응원메시지를 보내 준 친구들, 그리고 길 위에서 만난 수많은 인연이 우리를 버티게 해 주었다. 동료들 없이 오직 아내와 나 둘만 걷는 길이라 포기하고 싶은 마음이 들 때마다 그들이 건넨 따뜻한 응원은 우리를 다시 앞으로 나아가게 했다.

도보 여행을 끝낼 즈음 이상하게 마음이 편안해졌다. 그 사람을 떠올려도 더 이상 밉지가 않았다. 걸으면서 어떤 응어리가 풀린 듯했다. 땀방울과 함께 흘려보내지 않고는 도저히 떨쳐 낼 수 없었던 마음을 놓아 버린 것이다. 나는 이것으로 내가 승리했다고 생각한다.

누군가를 미워하는 마음, 뼈아픈 실패, 돌이킬 수 없는 일로 우리는 얼마나 오래 자신을 괴롭히는가. 그럴 땐 용기를 내야 한다. 우리에겐 아직 많은 날들이 남아 있고 할 일도 많다. 그런데 남은 인생을 과거에 발목 잡혀 마음 편히 웃지도 새 출발도 하지 못한다면 얼마나 안타까운 일인가. 과거의 일로 자신의 삶을 망치지 말자. 대신 길 위에 자신을 내던져 보라. 그렇게 나를 괴롭히는 것으로부터 탈출하자. 온몸이 녹초가 되도록 걸으며 땀을 흘릴 때 마음속 고통도 함께 녹아내릴 것이다.

2015년 해외 도보 여행기
PART-02

29일 동안,
800km를 걷다.

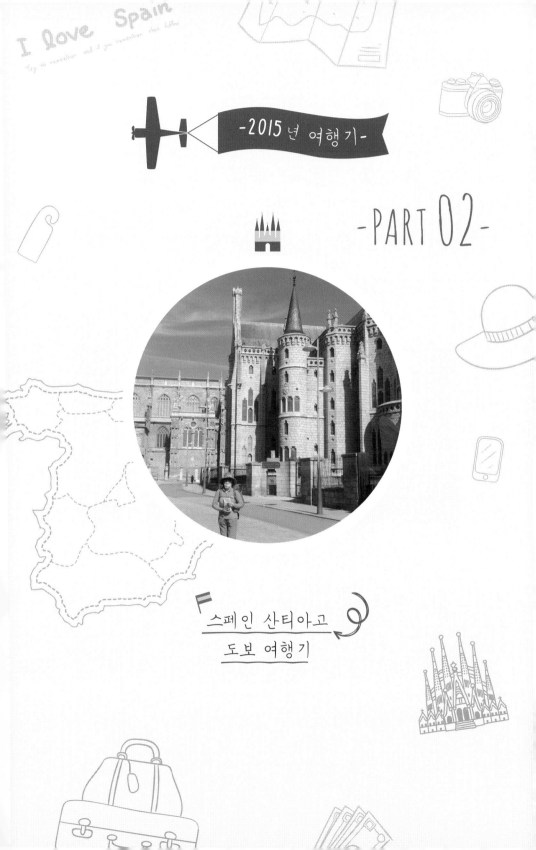

-2015년 여행기-

-PART 02-

스페인 산티아고
도보 여행기

-PART 02-

"걷다 보면 당신도 알게 될 것이다. 길 위에선 물 한 병, 쌀 한 줌도 어마어마한 무게로 느껴진다는 것을. 욕심을 덜어 내지 않고 그것을 모두 이고서는 끝까지 갈 수 없다는 것을……. 인생도 목적지가 있는 도보 여행과 다를 바 없다. 좋은 과실을 얻기 위해 농부는 아낌없이 가지치기를 한다. 나는 그렇게 내 안의 낡은 것과 욕심을 자르고, 버리고, 비우기 위해 이 길을 걷는다."

스페인
🌲🌲🌲 산티아고 도보 여행 일정 🌲🌲🌲

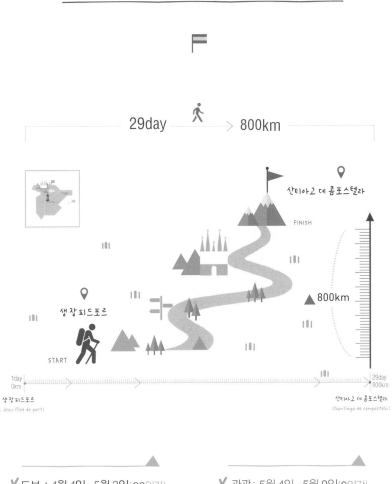

29day 🚶 800km

산티아고 데 콤포스텔라

FINISH

생장피드포르

START

800km

1day
0km

29day
800km

생장피드포르
(St. Jean Pied de port)

산티아고 데 콤포스텔라
(Santiago de compostela)

✔ 도보 : 4월 4일–5월 3일(29일간)   ✔ 관광 : 5월 4일–5월 9일(9일간)

도보 여행 일정 및 킬로미터

🚶 도보 일정 : 4월 05일-5월 03일 (29일간)

01.day
4월 05일
생 장 피드포르(St. Jean Pied de port) → 론세스바예스 (Roncesvalles) **25.1km**

02.day
4월 06일
론세스바예스(Roncesvalles) → 라라소아냐(Larrasoana) **27.4km**

03.day
4월 07일
라라소아냐(Larrasoana) → 시수르 메노르(Cizur Menor) **20.9km**

04.day
4월 08일
시수르 메노르(Cizur menor) → 시라우키(Cirauqui) **26.8km**

05.day
4월 09일
시라우키(Cirauqui) → 비야마요르 데 몬하르딘 (villamayor de monojardin) **23.7km**

06.day
4월 10일
비야마요르 데 몬하르딘(Villamayor de monojardin) → 비아나 (Viana) **30.1km**

07.day
4월 11일
비아나(Viania) → 벤토사(Ventosa) **29.5km**

08.day
4월 12일
벤토사(ventosa) → 산토 도밍고 (Santo Domingo) **31km**

09.day
4월 13일
산토 도밍고(Santo Domingo) → 비얌비스티아 (Villambistia) **30.7km**

10.day
4월 14일
비얌비스티아(Villambistia) → 카르데뉴엘라(Cardenuela) **28.2km**

- 길 위에서 -

11.day 4월 15일	카르데뉴엘라(Cardenuela) → 라베 데 라스 칼사다스(Rabe de las Calzadas) **26.9km**
12.day 4월 16일	라베 데 라스 칼사다스(Rabe de las Calzadas) → 카스트로헤리스(Castrojeriz) **29km**
13.day 4월 17일	카스트로헤리스(Castrojeriz) → 포블라시온 데 캄포스 (Poblacion de Campos) **29.3km**
14.day 4월 18일	포블라시온 데 캄포스(Poblacion de Campos) → 칼사디야 데 라 케사(Calzadilla de la Cueza) **33.4km**
15.day 4월 19일	칼사디야 데 라 케사(Calzadilla de la Cueza) → 칼사다 델 코토(Calzada del coto) **27.6km**
16.day 4월 20일	칼사다 델 코토(Calzada del coto) → 렐리에고스(Reliegos) **26.6km**
17.day 4월 21일	렐리에고스(Reliegos) → 라 비르헨 델 카미노(La Virgen del Camino) **35.2km**
18.day 4월 22일	라 비르헨 델 카미노(La Virgen del Camino) → 오스피탈 데 오르비고(Hospital de Orbigo) **28.4km**
19.day 4월 23일	오스피탈 데 오르비고(Hospital de Orbigo) → 산타 카탈리나 데 소모자(Santa Catalina de Somoza) **28.3km**

20.day 4월 24일	산타 카탈리나 데 소모자(Santa Catalina de Somoza) → 엘 아세보 (El Acebo) 29km

21.day 4월 25일	엘 아세보(El Acebo) → 캄포나라야(Camponaraya) 26.9km

22.day 4월 26일	캄포나라야(Camponaraya) → 트라바델로(Trabadelo) 23.6km

23.day 4월 27일	트라바델로(Trabadelo) → 파도르넬로(Padornelo) 26.7km

24.day 4월 28일	파도르넬로(Padornelo) → 사리아(Sarria) 29.7km

25.day 4월 29일	사리아(Sarria) → 포르토마린(Portomarin) 22.9km

26.day 4월 30일	포르토마린(Portomarin) → 팔라스 데 레이(Palas de rei) 26.1km

27.day 5월 01일	팔라스 데 레이(Palas de rei) → 리바디소(Ribadiso) 25km

28.day 5월 02일	리바디소(Ribadiso) → 아르카 도 피노(Arca do Pino) 22.2km

29.day 5월 03일	아르카 도 피노(Arca do Pino) → 산티아고 데 콤포스텔라(Santiago de compostela) 20.1km

- 길 위에서 -

스페인 산티아고 도보 여행기

- 3월 26일 -

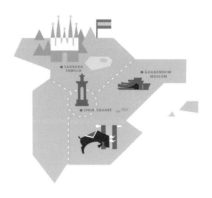

　산티아고로 떠날 날이 코앞으로 다가왔다. 오늘 드디어 침낭을 마
련했다. 인터넷으로 사려고 했는데 아들 녀석이 적당한 걸 찾아냈다.
800g으로 무게도 적당하다. 어제는 여행사 직원과 1시간 정도 통화하며
비행기표와 기차표의 사용법, 파리에서 우리를 호텔까지 데리고 갈 가
이드와의 만남 등에 대해 상세히 들었다. 말도 통하지 않는 새로운 길로
간다는 것이 여간 신경이 쓰이는 일이 아니다.

　이번 여행을 준비하며 안내서를 2권 보았다. 그런데 아직 감이 확실히
잡히지 않은 것 같다. 언어가 부족하기 때문일까? 스페인어를 공부하며
자주 사용할 수 있는 기본적인 단어와 문장들을 기록해 두었다. 그리고
지난 2달간 매일 아침 봉화산 둘레길을 걸으며 그것들을 외웠다. 언어
는 단시간 내 배울 수 없는 것인 줄 알면서도 마음이 조급하다. 마지막
까지 포기하지 않고 스페인어와 더 친숙해지기 위해 노력해야겠다.

- 길 위에서 -

F

– 4월 2일 –

　모자, 선글라스, 샤워타올, 라면스프, 고추장, 등산 바지, 비상약 등. 오후 내내 A4지에 빽빽하게 적은 필요 물품 리스트를 다시 한 번 점검했다. 그러다가 문득 벚꽃 구경을 가기로 했다. 벚꽃이 예쁠 시기 아닌가. 그래서 아내와 벚꽃길이 좋은 동천으로 갔다.

　보슬비가 내리는 오후, 벚꽃이 화사했다. 우린 꽃구경을 하며 마음의 긴장을 풀었다. 젊은 여자에게 사진 한 장 찍어 달라고 부탁했다. 여자 옆에 있던 어머니가 빨간 우산을 쓰고 찍으면 사진이 잘 받는다고 자신의 우산을 들고 찍으란다. 그래서 빨간 우산을 쓰고 만발한 벚꽃을 등진 채 사진을 찍었다. 햇살이 반짝였다면 얼마나 좋았을까 싶었다. 몇몇 수녀님들께 사진을 메신저로 보내드렸더니 아름답다는 답장이 왔다. 동천을 따라 좀 더 걷다가 집으로 돌아왔다.

　밤 11시. 마지막으로 짐을 점검했다. 건강하게 잘 다녀오시라고 말하는 아들의 표정이 왠지 더 긴장되어 보였다. 40일 동안 홀로 지낼 아들에게 생활비를 챙겨 주고 집을 나섰다. 터미널에서 공항으로 가는 버스를 탔다. 오후부터 내리던 빗줄기가 조금씩 굵어지고 있었다. 앞으로 4시간 뒤 공항에 도착할 것이다. 묵주를 손에 쥐고 기도하던 중 스르르 잠에 빠져들었다.

F

─ 4월 3일 ─

　인천 공항에서 7시간 가까이 대기한 뒤 영국행 비행기에 몸을 실었다. 우리를 태운 비행기가 런던에 가까워졌다. 그런데 착륙하지 못하고 한참을 히드로 공항 위를 선회했다. 아내가 불안한 눈치다. 안개가 잔뜩 끼어 아래가 잘 보이지 않은 탓이다. 10여 분 뒤 비행기는 무사히 공항에 내려앉았다. 다행이다.

　한국에서 오전 10시 35분 비행기를 타고 런던에 도착하니 이곳은 아직 오후 2시 40분이다. 시차라는 것이 참 재미있다. 한국과 런던에 8시간의 시차가 있으니 나는 8시간을 번 셈이다. 프랑스와 스페인은 한국과 7시간 차이가 난다.

　프랑스행 비행기는 다시 2시간 뒤에 있었다. 환승 게이트가 정해지길 기다리며 아내와 대기했다. 히드로 공항은 무척 크고 드나드는 사람도 많았다. 하지만 질서정연한 인천 공항과 달리 왠지 어수선하고 답답한 느낌이었다.

　화장실을 가고 싶어 인포메이션에서 위치를 물었다. 흑인 여직원이 화장실을 "훼성지엔"이라고 말하며 알려 주었다. 아마 나를 중국 사람으로 본 모양이다. 나는 한국 사람이라고 했더니 멋쩍게 웃으며 미안해했다. 그리고 한국어로 화장실이 무엇이냐고 묻기에 알려 주었다. 앞으로 한국인이 화장실 위치를 물어보면 그는 "화장실"이라고 또박또

박 발음하며 알려 줄지도 모른다.

프랑스 드골 공항에 도착해서 가이드를 기다렸다. 약속 시간이 지나도 오지 않아 한국 여행사에 전화를 걸었지만 연결이 되지 않았다. 초조한 심정으로 한참 기다린 후에야 가이드가 왔다. 그는 우리를 호텔로 데려다주었다. 첫날은 파리의 호텔에서 묵었다. 긴장이 풀리자 긴 비행의 피로가 한꺼번에 몰려왔다.

⊏

– 4월 4일 –

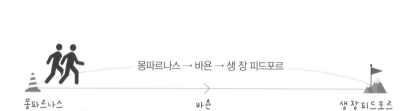

몽파르나스 → 바욘 → 생 장 피드포르

몽파르나스
(Montparnasse)

바욘
(Bayonne)

생 장 피드포르
(St. Jean Pied de port)

눈을 뜨니 새벽 3시 20분이다. 더 자야 할 텐데 잠이 오지 않았다. 억지로 잘 필요는 없을 것 같아 그냥 일어났다. 커피 한 잔을 준비하고 안내서적을 펼쳤다. 순례 일정은 33일로 잡았다. 루트와 쉬어 갈 지점, 꼭봐야 할 것들을 체크했다. 마음이 차분히 가라앉았다.

자신이 태어난 해는 60년에 한 번씩 돌아오므로 환갑을 맞으면 다시 한 살을 먹는다고 할 수 있다. 작년엔 환갑을 기념해 전국 도보 1,400km를 걸었다. 그리고 올해 두 살을 맞아 나는 또 한 번 새롭게 태어나기로 결심했다.

그 결심을 실천하기 위해 오늘 프랑스 생 장으로 간다. 800km의 순례 길이 시작되는 곳. 이 길은 무엇을 채우기 위함이 아닌 버리기 위한 길이다. 나는 매일 내 몸과 마음의 노폐물을 비워 낼 것이다. 미련 없이, 정성껏 비우고 이 길의 끝에선 텅 빈 내가 될 것이다. 짐도 더 가볍게 챙겨야겠다. 이것저것 많이 들고 가면 무거워서 오래 걸을 수 없으니까. 마음도 육신도 욕심이 많으면 무겁고 피곤해진다. 나는 아내가 깰 때까지 짐을 줄이고 또 줄였다.

생 장에 가려면 몽파르나스역에서 테제베(TGV)를 타고 바욘으로 간 뒤 버스를 갈아타야 한다. 아내와 바욘행 테제베에 올라탔다. 바욘까지는 5시간 거리다. 눈 깜빡할 사이 풍경이 바뀌는 빠른 열차였다. 창밖의 풍경을 바라보던 아내가 어지러울까 봐 걱정된다며 나와 자리를 바꾸었다.

넓게 트인 창문 너머로 푸른 밀밭이 펼쳐졌다. 풍력 발전기와 가축 먹이 저장고로 사용될 법한 건물들이 드문드문 보이고 마을 주변엔 나무들이 군락을 이루고 있었다. 광고판, 하얀 꽃들, 집들도 휙휙 지나쳤다. 2시간을 달려도 여전히 산은 보이지 않는 끝없는 벌판이었다. 길가의 묘지마다 꽃이 한 아름씩 놓여 있었다. 이스라엘 예루살렘 주변을 연상케 하는 풍경이었다. 우리 부부는 한국에서 챙겨 온 말린 감을 나눠 먹었다.

"맛이 어때요?"

"달고 맛있어. 기분도 최고야."

구름 위를 달리듯 빠르게 나아가는 열차와 맛있는 간식. 그 순간은 모든 것이 좋았다. 아마 마음이 편안했기 때문이리라.

바욘역에 내려 작은 식당에서 점심을 먹고 생 장으로 가는 버스를 탔다. 피레네 산맥이 가까워지니 비탈진 양 목장들이 많이 보이기 시작했고, 산을 타고 흘러내리는 맑은 물줄기도 볼 수 있었다. 아름다운 풍경에 취하다 보니 어느덧 생 장에 도착했다. 제일 먼저 순례자 사무실로 가서 순례자 카드를 발급받고 오늘 묵을 알베르게를 잡았다.

– DAY. 01 / 4월 5일 –

어제는 9시 전에 잠이 들었다. 그러나 12시, 2시, 3시 계속 잠이 깼다. 아내도 나도 잠을 자 두려고 무진 노력했다. 드디어 5시. 자리를 털고 일어났다. 창밖엔 아직 어둠이 깔려 있었다. 세수를 하고 잼을 바른 바게트로 식사를 했다. 여장을 단단히 꾸리고 7시쯤 알베르게를 나섰다. 생 장의 아침 공기는 맑고 상쾌했다. 이곳부터 산티아고까지는 800km. 대장정이 드디어 시작되었다.

마을을 빠져 나오니 이제 막 걷히기 시작한 어둠과 안개 사이로 푸른 산이 보였다. 피레네 산맥을 개간한, 경사가 완만한 구릉지역이다. 구릉지 대부분은 한적하고 평화로운 양 목장이었다.

2시간쯤 걸어 벤타스에 도착하니 마을 사람들이 어울려 춤을 추고 있었다. 무슨 행사가 있었던 모양이다. 카페에서 빵과 에스프레소를 시켜놓고 그 모습을 즐겁게 바라보는데 안토니오가 지나갔다. 길을 걸으며 통성명을 한 스페인 사람이다. 두 번째 만남이니 구면 아닌가. 내가 불렀더니 일행들과 함께 왔다. 그들과 차 한 잔을 나누고 출발했다.

원래 경치 좋은 라폴레옹 루트로 가려고 했다. 그러나 아직 그곳 산길에 눈이 녹지 않았다. 그래서 악천후에 피레네 산맥을 우회해서 론세스바예스까지 가는 발카를로스 루트를 택했다. 5시간이 지나자 아내가 기진맥진해 있었다. 아내의 짐까지 둘러메고 거의 끌다시피 하여 산 정상에 올랐다. 정상부터 론세스바예스까진 얼마 되지 않는다.

오후 1시 40분. 론세스바예스에 무사히 도착했다. 전체 여정 중 가장 힘든 축에 속하는 구간이라 아내가 중간에 탈수현상이라도 일으키면 어쩌나 걱정했는데 다행이었다. 식당에서 햄버거를 먹고 쉬고 나니 몸이 좀 풀리는 듯 보였다. 앞으로 아내 컨디션을 잘 조절해 주어야겠다.

'배는 항구에 있을 때 가장 안전하지만 그것이 배의 존재 이유는 아니다.'
— 괴테 —

- 길 위에서 -

산티아고 데 까미노의 첫날. 나는 다시 나를 길 위로 내던졌다.

— DAY. 02 / 4월 6일 —

라라소아냐
(Larrasoana)

▲ 27.4km

START
론세스바예스
(Roncesvalles)

어제저녁은 순례자들을 위한 만찬에 참석했다. 와인과 고기를 곁들인 식사가 10유로였다. 순례자들과 함께한 좋은 자리였다. 우리 테이블에는 65세 한국 여인 둘과 46세 남자가 합석했다. 남자는 벌써 발에 물집이 잡혔다고 했다. 첫날부터 물집이라니, 앞으로 힘든 여정이 될 것 같다. 식사를 마치고 남자의 발을 봐 주었다.

둘째 날의 여정도 아침 7시에 시작됐다. 어제 만찬에서 만나 함께 출발하기로 했던 아가씨가 내려오지 않았다. 아마 늦잠을 자는 모양이다. 더는 기다릴 수 없어 우리가 먼저 출발했다. 아침은 가는 길에 먹기로 했다.

론세스바예스에서 3km를 가면 한때 헤밍웨이가 머물었던 부르게터라는 마을이 나온다. 이 마을 카페에서 바게트 빵과 차 한 잔을 주문했다. 요기를 하고 다시 한참을 걸어 수비리에 도착했다. 여기서부터 오늘의 목적지 라라소아냐까진 2km 남짓이다. 아내가 지치기 시작했다. 수비리에서 햄버거와 콜라를 먹으며 잠시 쉰 다음 마지막 힘을 내어 라라소아냐에 도착했다.

오늘 저녁은 사설 알베르게에 묵게 되었다. 가격은 15유로로 좀 비싸지만 밥을 해 먹을 수 있어서 좋았다. 라면을 끓여 밥과 함께 저녁을 먹었더니 기운이 나는 것 같았다. 내일을 위해 오늘도 푹 쉬어야지.

− DAY. 03 / 4월 7일 −

시수르 메노르
(Cizur Menor)

▲ 20.9km

START
라라소아냐
(Larrasoana)

　지난밤에도 여러 번 잠이 깼다. 7시쯤 자리에 누워 11시에 깼고, 책을 좀 보다 잠이 들었는데 3시 무렵 또 깼다. 그때부터 뒤척이다가 5시에 일어났다. 시차 적응이 안 된 탓일까, 몸이 피곤해서일까. 잘 모르겠다. 아내는 아직 자고 있다. 슬그머니 일어나서 주방으로 갔다.

　알베르게 주방은 간단한 음식 만들기에 부족함이 없다. 공용으로 사용하는 냄비를 꺼내 밥을 지었다. 먹을 밥은 따로 덜어 놓고 남은 것은 약한 불에 오래 두어 누룽지를 만들었다. 남은 밥을 누룽지로 만들면 부피도 줄고 간식으로 먹기도 좋다. 누룽지를 챙긴 다음 아침을 준비했다. 라면에 집에서 챙겨 온 마른 김치, 밥을 넣고 끓였다.

　마른 김치는 이번 도보 여행을 위해 내가 낸 아이디어다. 고구마나 과일을 말리는 건조기에 김치를 말리면 냄새도 안 나고 휴대하기 좋겠다는 생각이 들어 시도해 봤는데 성공이었다. 이 김치로 간단한 찌개를 끓이고 김밥을 싸 먹을 요량으로 챙겨 왔다. 해외에 가면 가장 고생하는 게 음식 아닌가. 마른 김치가 우리 부부의 여행에 요긴한 양식이 되어 주길 바란다.

주방으로 내려온 아내에게 한 그릇 내밀었다. "어때?" 국물 맛을 본 아내는 표정이 밝아졌다. "진짜 김치라면이네. 역시 한국 사람은 김치를 먹어야 힘이 나지." 맛있게 먹는 아내를 보니 새벽부터 고생한 보람이 있다. 텅 빈 알베르게 주방에서 아내와 둘이 든든하게 속을 채웠다.

5시 40분에 달빛을 보고 출발했다. 처음엔 쌀쌀했는데 걷다 보니 해가 뜨고 등에 땀이 배기 시작했다. 오늘 걷는 구간의 절반은 아르가 강이 교차하는 조용한 길이다. 아르가 강을 따라 걸으며 소나무가 드문드문 심어진 숲을 지났다. 도로가에 피어 있는 노란 민들레와 이름 모를 풀들은 맑은 햇살 아래 아름답기 그지없었다.

팜플로나에 도착했다. 팜플로나는 산 페르민 축제로 잘 알려진 도시다. 이 축제는 성인 산 페르민을 기념하기 위해 시작되었지만 지금은 오락적인 성격이 강하다. 특히 '황소의 질주'라고 하여 흰옷에 빨간 천을 두른 사람들이 소를 유인해 투우장으로 데려가는 행사가 유명하며 이 소는 저녁에 투우 경기에 참여하게 된다. 이런 행사는 산 페르민이 과거 황소에 묶여 끌려 다니며 박해를 받은 데서 유래되었다고 한다. 축제가 열리는 기간은 아니었지만 그 길을 한 번 걸어 보았다.

오늘의 목적지 시수르 메노르에는 오후 3시에 도착했다. 알베르게에 짐을 풀고 슈퍼에서 쌀과 계란, 포도주를 샀다. 주방시설이 잘 되어 있는 알베르게라 편하게 요리했다. 지난 알베르게에서 만났던 이들을 다시 만났다. 악수를 나누고 주방에서 만나기로 했다. 하나둘 모이니 어느덧 5명이 되었다. 나이도 사는 곳도 다르지만 이 길 위에선 우리 모두 친구다. 함께 포도주를 마시며 무사 순례를 위해 건배했다. 그중 스페인 친구가 15년 전 한국에 머무른 적이 있다고 했다. 한국 사람을 만난 것을 무척 반가워했다. 저녁을 먹고 7시 반에 성당에 들렀더니 마침 미사 중이어서 함께 미사를 드렸다.

– DAY. 04 / 4월 8일 –

시라우키
(Cirauqui)

▲ 26.8km

START
시수르 메노르
(Cizur Menor)

3시 50분에 일어났다. 잠이 더 올 것 같지 않아 일어나서 짐을 꾸렸다. 새벽부터 부스럭댔더니 아내가 짜증을 낸다. 한 숨이라도 더 자고 싶을 텐데 나 때문에 깬 것 같아 미안했다. 이번 여행의 아침 식사 담당은 나다. 주방으로 내려가서 먼저 점심을 준비했다. 어제 남은 밥으로 김밥을 쌀 계획이다. 김을 펼치고 단무지와 마른 김치를 넣고 힘주어 말았다. 그리고 아침은 어제처럼 라면을 준비했다.

5시 30분 알베르게를 나섰다. 아직 어둠이 내려앉은 조용한 거리를 가로등이 희미하게 밝혀 주고 있었다. 오솔길로 들어서면서부터는 달빛에 의지에 걸었다. 방향을 확인해야 할 때마다 휴대용 랜턴을 사용했다. 그렇게 1시간 정도 산길을 걸어 정상에 도착했다. 정상에는 순례자를 상징하는 조형물과 비석이 세워져 있었고, 산 능선을 따라 풍차들이 즐비하게 서 있었다. 왔던 길을 돌아보니 어제 하룻밤을 보냈던 마을이 불빛으로 반짝였다.

내리막길은 자갈밭이라 방심하면 발을 헛디딜 위험이 있었다. 부상은 오르막이 아닌 내리막길에서 많이 발생한다. 조심조심 내려오는 동안 날이 밝았다. 유채꽃들이 어둠을 밝혀 주듯 환하게 피어 있었다. 푸른 밀밭은 청량감을 주었다. 아내와 사진 한 장 찍었다. 완만한 자갈길 서너 시간 걸어 푸엔테 라 레이나에 닿았다. 원래 오늘은 여기까지 걷기로 계획했다. 하지만 시라우키까지 가면 하루 일정을 줄일 수 있을 것이다. "7km만 더 가면 시라우키야. 당신 걸을 수 있으면 좀 더 갈까?" 아내는 선선히 그러자고 했다.

길을 걷다 만난 한국인은 생 장에서 푸엔테 라 레이나까지 5일이 걸렸다고 했다. 우린 생 장에서 시라우키까지 4일 만에 도착했는데. 젊은 친구가 무릎 관리를 제대로 못해 뒤처진 모양이다. 얼마나 빨리 가느냐는 중요한 게 아니니 무리하지 말고 조심하라고 일러 주었다.

시라우키는 언덕 위에 있는 중세풍의 조그마한 마을이다. 오늘 들른 알베르게는 밥을 해 먹을 수 있는 곳이 아니었다. 저녁을 사 먹으려고 했는데 아내가 알베르게에서 제공하는 식사가 입에 맞지 않는다고 한다. 그래서 슈퍼에서 산 빵과 과일로 간단히 요기를 하고 일찍 잤다.

- 길 위에서 -

페르돈 고개의 순례자 동상 앞에서

비야마요르 데 몬하르딘
(villamayor de monojardin)

▲ 23.7km

START
시라우키
(Cirauqui)

피로가 쌓였는지 8시간을 내리 자고 6시에 기상했다. 잠을 잘 자서 좋긴 한데 무리를 해서 컨디션을 망칠까 봐 걱정된다. 컨디션 조절에 더 신경 써야겠다. 오늘은 가볍게 23.7km를 걷기로 하고 7시에 출발했다.

날은 이미 훤히 밝아 있었다. 울퉁불퉁한 자갈길을 걸으며 묵주를 손에 쥐고 성모송을 외기 시작했다. 산티아고에서도 매일 성모송 1,000회를 암송하고 있다. 자주 하다 보니 2시간 걸리던 것이 이젠 1시간 40분 정도 걸린다. 기도하는 시간만큼은 내 마음도 호수처럼 잔잔하다.

걷다 보니 반대편에서 순례객 한 명이 나타났다. 잠시 머뭇거리던 그는 우리가 가는 길로 접어들더니 앞서 걷기 시작했다. 방향을 잘못 잡았다가 다시 길을 찾은 듯했다. 길을 따라 올리브 나무가 그늘을 만들어 주고 있었다. 간간이 포도밭이 보였지만 여전히 밀밭이 대부분인 시골 풍경이 죽 이어졌다. 걷다가 아까 그 순례객을 다시 만났다. 표지판을 살피던 그는 또 다른 길로 접어들고 있었다.

"Hey!" 아내가 소리쳤다. 몇 차례 부르자 그가 뒤를 돌아봤다. 손짓으로 하니 그때서야 길을 잘못 든 것을 눈치 채고 되돌아왔다. 알바니아에서 온 순례객이었다. 혼자 산길이라도 헤매면 큰일인데…… . 길눈이 어두워 보이는 그가 걱정됐다.

로르카를 지나다 커피 생각이 간절해져서 바에 들렀다. "어디에서 오신 거예요?" 바 주인인 동양여자가 말을 붙였다. 낯선 땅의 바에서 한국말을 듣는 것이 의아하기도 하고 반갑기도 했다. 잠시 여자의 얘기를 들었다. 여행 중에 만난 스페인 남자와 함께 바를 운영하고 있다고한다. 함께 사진 찍기를 청했더니 정중히 거절하며 우리 부부만 찍어주었다.

12세기 나바르 왕들의 궁전이 세워진 에스테야를 지나 이라체에 도착했다. 이라체는 순례자들에게 공짜로 와인을 제공하는 '와인의 샘'이있는 것으로 유명하다. 수도꼭지를 열자 붉은 와인이 흘러 나왔다. 아내는 술을 못 마셔서 나만 마셨다. 와인 한 모금은 몸에 기분 좋은 활력을 주었다. 순례자들을 위해 와인을 나누는 아름다운 마음씨 덕분인지도 모르겠다.

오늘의 목적지는 비야마요르 데 몬하르딘. 경사가 가파른 산 정상이다. 아내와 열심히 걸어 도착한 뒤 사립 알베르게에 여장을 풀었다. 가격은 15유로였지만 밥을 해 먹을 수 있었고 아침 서비스도 있었다. 빨래를 하고 내일 일정을 챙기고 나니 몸이 천근만근이다. 에스테반 성에 가 보고 싶었지만 피곤해서 갈 수 없었다. 저녁부터 비가 내렸다. 아내가 밖에 널어 두었던 빨래를 안으로 가지고 들어왔다. 비가 오면 준비를 단단히 해야 하는데…… . 내일은 비가 안 오기를.

붉고 달큰한 와인 한 모금이 몸에 힘과 활기를 가져다주었다. 이 와인의 샘은 얼마나 많은 순례자들을 기쁘게 해 주었을까

− DAY. 06 / 4월 10일 −

비아나
(Viana)

START
비야마요르 데 몬하르딘
(villamayor de monojardin)

▲ 30.1km

아침에 눈을 뜨고 창밖부터 확인했다. 다행히 비가 멎었다. 오늘은 배낭을 배달해 주는 서비스를 처음으로 이용해 보았다. 봉투에 짐을

− 길 위에서 −

담아 목적지를 적어 알베르게에 맡기면 운송회사가 짐을 다음 목적지에 가져다준다.

배낭을 하나만 메고 가뿐하게 출발했다. 아침 공기가 그다지 차지 않다. 들판을 가득 메운 보리밭, 포도가 자라나는 야산, 군락을 이룬 소나무 숲을 차례로 지나쳤다. 봄기운 가득한 풍경이 생동감 있게 느껴졌다. 평평한 비포장도로를 2시간쯤 걸어 아르코스에 도착했다. 바에서 콜라 한 잔으로 갈증을 풀었다. 산타마리아 성당에 들르려 했으나 잠겨 있어 들어가지 못했다. 대신 종탑에서 사진 한 장 찍었다.

"배낭 이리 줘요."

"됐어. 내가 들게."

"혼자 무리하지 말아요."

아내가 기어코 내 배낭을 받아 들었다. 아내는 내가 무리할까 봐 걱정, 나는 아내가 아플까 봐 걱정이다. 서로를 염려해 주는 동반자와 함께 걸으니 마음이 든든하다.

다시 4시간 걸어 도착한 산솔부터는 내리막길이 대부분이었다. 조심스럽게 걷고 있는데 오른쪽 발목이 시큰거리기 시작했다. 길 옆 쉼터에서 뜸을 떴더니 한결 나아졌다. 아직 갈 길이 먼데 내가 아프면 큰일이다. 아내와 다시 힘을 내 비아나를 향해 걸었다. 걷는 동안 이탈리아, 미국, 스페인에서 온 순례객들과 인사를 나눴다. 처음엔 드물게 보던 순례객들이 점점 더 많이 눈에 띄는 것 같다.

비아나에 도착해 여장을 풀고 저녁을 준비했다. 대학을 갓 졸업한 한국 아가씨 2명과 미국에서 온 35세 주부가 우리와 함께했다. 한국 아가씨들은 취업하기 전 세상구경을 하고 싶어 왔다고 한다. 오는 내내 김치 얘기를 하며 왔다는데 오죽 먹고 싶었으면 그랬을까 싶었다. 그들이 딸처럼 귀여웠다. 함께 와인을 마시며 즐거운 시간을 보냈다.

이곳에서 여러 부류의 사람들을 만나고 있다. 혼자 온 사람도 있고 가족이나 친구와 함께 온 사람도 있다. 나이 든 사람들도 심심치 않게 만난다. 걸음은 느리지만 천천히, 서두르지 않고 걷는 황혼의 순례객들의 모습이 좋아 보였다.

오늘 우리의 침실에는 모자 순례객이 들었다. 어제는 아들딸을 데리고 온 가족과 한 침실을 썼다. 가족과 함께 오는 순례길은 어떤 기억으로 남을까. 이 길이 끝날 때쯤엔 서로에 대한 사랑과 믿음이 더욱 굳건해질 테지. 나도 언젠가 우리 애들과 함께 다시 이 길을 걷고 싶다.

아무리 험한 길도 내 삶의 동반자와 함께라면 두렵지 않다.

- 길 위에서 -

오늘도 짐을 부치려다 그냥 둘러메고 나섰다. 아스팔트길을 1시간 정도 걸었을까. 비포장도로가 나왔다. 주변엔 메마른 자갈밭이었고 포도 산지가 눈앞에 펼쳐진다. 포도가 덩굴 과일이라 자갈밭에서 잘 되는가 보다.

스페인의 대표적인 와인 생산지 리오하의 중심 도시 로그로뇨에 도착했다. 로마시대에 건설된 성곽도시인 이곳은 고딕풍의 웅장하고 아름다운 산타마리아 대성당이 있다. 그곳 수녀님이 순례자 확인 도장을 찍어 주셨다.

산티아고 성당에도 들렀다. 성당 남쪽에 있는 산티아고 마타모르스의 멋진 조각상에 우리는 크게 감탄했다. 이 성당은 무어인들을 패배시킨 것을 기념하기 위해 9세기에 세워진 부지에 자리 잡고 있다. 내부에는 성 야고보의 상도 있었다.

로그로뇨시를 빠져 나오니 순례자들과 자전거 하이킹족을 꽤 자주 만났다. 주말이라 자전거를 타고 나온 사람이 많은 것 같다. 아내는 순례자를 만날 때마다 "올라!" 하고 인사했다. 그럼 상대는 "부엔 카미노!"라고 대답한다. '부엔 카미노'는 '좋은 여행이 되길 바란다.'는 뜻이다. 길 위의 동료인 순례자들은 서로 눈이 마주칠 때마다 인사하며 무사 순례를 기원해 주었다.

길가에 봄내음이 물씬 풍기는 꽃들이 피어 있었다. 호수 길로 접어들자 하얀 민들레가 우리를 반갑게 맞이했다. 호숫가에서 앉아 잠시 쉰 다음 점심을 먹으러 바에 들렀다. 배를 채우고 다시 걷던 중 25세 체코 친구를 만났다. 그는 하루 40km를 걸어 25일 일정으로 산티아고까지 간다고 했다. 순례를 마치면 다시 영국까지 걸어갈 계획이라고 한다. 그 젊음이 힘차고 싱그러워 보였다. 하긴 나도 국내 여행 때는 하루 40km가량 걸었지……. 하지만 이번엔 그럴 수 없다. 알베르게도 띄엄띄엄 있는데 무리하게 걷다가 길을 잃거나 해가 저물면 낭패다. 컨디션을 조절하며 안전하게 걷는 것이 최우선이다.

오늘은 왼발에 무리가 온 것 같다. 뜸을 뜨고 걸었지만 여전히 불편하다. 벤토사에서 알베르게로 가는 길은 표시가 명확하지 않아 길을 헤맸다. 하이킹족의 도움으로 무사히 알베르게에 도착할 수 있었다. 아내를 고생시킨 것 같아 미안한 마음이 든다.

가는 길에 '롤단의 언덕'을 보았다. 무슬림 거인 페라구트를 돌로 맞혀 죽인 롤단이 마을을 해방시키고 포로로 잡혀 있던 샤를마뉴군의 그리스도교 기사단을 풀어 주었다는 전설이 전해지는 곳이다. 저녁은 알베르게에서 만난 한국 아가씨들과 함께했다.

– DAY. 08 / 4월 12일 –

어제 고생을 해서인지 잠을 자고 나도 피로가 가시지 않았다. "어떻게 할까?" 내 말에 아내는 짐을 하나 부치자고 했다. 오늘 목표는 31km. 만만치 않은 거리다. 수월하게 걷기 위해 배낭을 하나 부쳤다.

지금까지 걸었던 길가에는 들꽃이 피어 있었는데 오늘은 포도밭이 펼쳐졌다. 무성하게 자라난 포도가지들은 보는 것만으로도 활력을 느끼게 했다. 날씨가 좋지 않았다면 질퍽이는 길을 걸었을 텐데 하늘도 우리를 돕는지 밝은 날의 연속이다. 화창한 날씨 덕에 그나마 걷는 것이 수월하다. 많은 수녀님들의 기도 덕분이겠지.

2시간을 걸어 11세기 나비르 왕국의 수도였던 나헤라에 도착했다. 성당에 들렀지만 문이 닫혀 있어서 그냥 지날 수밖에 없었다. 여기까지 걸어오는 동안 저 멀리 보이는 산 정상 부분에는 아직도 하얀 눈이 녹지 않고 있었다.

나헤라에서 다시 2시간쯤 걸었을까. 다리 위에 70대 노인이 주저앉아 있었다. 미국인 순례자들과 함께 있던 노인은 얼굴색이 좋지 않았다. 어디가 아프냐고 물었더니 내려오는 길에 허리를 삐끗해서 걷지 못하겠다고 한다. 나이 든 사람은 조심해서 다녀야 하는데 무리를 한 모양이다. 내가 나서서 지나가는 차를 세웠다. 노인을 병원까지 데려다줄 수 없겠냐고 묻자 차 주인은 흔쾌히 그러겠다고 했다. 정말 다행이다.

밀밭은 지루할 정도로 길게 펼쳐졌다. 산토 도밍고가 가까워지자 밀밭 사이로 조성된 꽃밭이 눈에 들어왔다. 이곳은 순례자의 길을 개척한 산토 도밍고가 묻힌 역사 깊은 마을이다. 또 '수탉과 암탉의 기적'이라는 재밌는 전설도 전해진다. 절도죄로 교수형에 처해진 젊은이의 무고를 증명하기 위해 접시 위의 수탉이 살아났다는 이야기다. 그래서인지 이곳 성당 안에도 수탉 상이 세워져 있고 닭이 신성시되고 있다.

알베르게에 여장을 풀고 시내로 나갔다. 마침 중국인이 운영하는 슈퍼가 있어서 저녁으로 먹을 라면과 식재료를 좀 샀다. 저녁은 호주, 벨기에에서 온 이들과 함께 먹었다. 음식과 함께 마음도 나눌 수 있어서 좋았다.

또 여기 알베르게 주인은 오래도록 내 기억에 남을 것 같다. 훤칠한 키, 파란 눈에 조선 여인처럼 머리에 쪽을 진 60대 여인. 그에겐 노년의 아름다움과 품위가 깃들어 있었다. 게다가 참 친절했다. 언제고 다시 만나고 싶은 마음에 내가 말했다. "내년에 시간되면 한국에 들르세요." 내 말에 주인은 그러겠다고 했다. 이뤄지기 어려운 약속임을 알면서도 아내가 그에게 전화번호를 적어 건넸다. 언제 다시 인연이 닿는다면 만나게 될 것이다.

– DAY. 09 / 4월 13일 –

비얌비스티아
(Villambistia)

▲ 30.7km

START
산토 도밍고
(Santo Domingo)

오늘은 토산토스까지 갈 계획이었다. 그런데 알베르게 주인이 그곳까진 짐을 부칠 수가 없다고 한다. 할 수 없이 비얌비스티아로 목적지를 바꿨다. 배낭 하나를 부치고 알베르게를 나섰다. 오늘은 걷기에 그다지 좋은 구간이 아니었다. 순례길이 도로 옆을 따라 나 있었다. 묵묵히 걸어가는 우리를 지나치며 자동차들이 경적을 울려 준다. 아마도 응원을 보내는 것 같다. 그 덕에 힘이 났다.

약 20km를 걸어 비야마요르 델 리오에 도착했다. 집이 몇 채 되지 않는 작은 마을이었다. 그런데 노인들이 다투고 있었다. 꽃을 가리키며 큰 소리를 내는 걸로 보아 사람들이 다니는 길에 꽃을 내어 둔 일로 시비가 붙은 모양이다. 노인들이 꽃을 좋아하긴 하지만 남에게 피해를 주어서는 안 되겠지.

벨로라도를 지날 무렵 아내가 "여보, 저 개 좀 봐요." 했다. 순례객 가족이 개를 데리고 걷고 있었는데 그 개 등에 침낭이 매어져 있었다.

덩치가 크고 힘이 세 보이는 개였지만 침낭을 소 멍에처럼 매고 엉금엉금 걷는 뒷모습이 힘에 부쳐 보였다. 동물의 힘까지 빌려 가며 순례를 해야 할까? 나라마다 문화와 생활 습관이 다르겠으나 그 모습이 좋아 보이진 않았다.

비얌비스티아는 안내서적에 자세히 소개되어 있지 않은 곳이다. 오늘도 마치 걷는 일이 우리에게 주어진 유일한 사명인 듯 30km를 걸어온 아내와 나는 가정집처럼 작은 비얌비스티아의 알베르게에 들었다. 가격은 하룻밤 6유로. 무척 싸다. 게다가 저녁 식사, 와인, 다음 날 아침까지 무료였다. 서글서글하고 여주인의 상냥함에 마음이 따뜻해졌고 잠자리도 편안했다. 지금까지 묵었던 알베르게 중 단연 최고였다.

저녁에 알베르게에서 운영하는 바에서 덴마크 여인 3명을 만났다. 모두 손주가 있는 쾌활한 여인들이었다. 그들과 맥주를 마시며 즐거운 대화를 나눴다. 그들 또래의 한국 여인들은 어떤가. 대부분 집에서 손주를 보거나 노인정에 가 있을 것이다. 활기찬 노년을 보내는 그들이 새삼 부럽다.

덴마크 여인이 다리가 아프다고 해서 치료해 주었더니 근처에 있던 이들이 자신도 발이 아프다고 다가왔다. 순례객들의 발은 물집이 잡히고 부어올라 있다. 그들 하나하나의 발을 소독하고 약을 발라 주었다.

치료를 마친 뒤엔 즐거운 밤을 보냈다. 난 이렇게 국적, 성별, 나이 불문하고 함께 어울리는 시간이 좋다. 누군가 한국말로 건배를 제의해 보라고 하자 아내가 나섰다. "순례를 위해!" 그리고 서로 잔을 부딪쳤다. 내일도 오늘처럼 순항하기를.

유쾌한 덴마크 여인들과 함께

알베르게에서 순례자들의 발을 치료해
주는 일은 내 중요한 일과였다.

카르데뉴엘라
(Cardenuela)

▲ 28.2km

START
비얌비스티아
(Villambistia)

7시 무렵 알베르게를 나섰다. 아침 공기가 여전히 차다. 한 시간을 걸어 오크나무 숲에 도착했다. 옛날에는 도둑으로 인한 피해가 많았던 지역이라고 한다. 오크나무가 드리워진 푸엔테 데 모하판을 지나 한참 걷자 이번엔 소나무 숲이 나왔다. 오르막과 내리막을 반복하며 오른 산 정상은 넓은 산림으로 이루어져 있었다.

도로에 접해 있는 발데푸인테스 예배당을 지날 무렵이다. 젊은 순례객이 절룩거리며 걷고 있었다. 직업병인지 어딘가 불편해 보이는 사람은 그냥 지나치지 못한다. 그에게 치료를 해줄 테니 산 후안 데 오르테가에서 만나자고 했다. 따로 걷다가 약속 장소에서 그를 만나 발을 살펴보았다. 엄지발가락이 빠질 만큼 상태가 좋지 않았다. 소독을 하고 연고와 진통제를 주었다. 카르데뉴엘라에서 다시 한번 치료해 주기로 하고 헤어졌다.

산 후안 데 오르테가는 성 요한이 묻힌 곳이다. 산토 도밍고의 제자였던 그는 순례자들을 위한 성당, 호스텔, 병원을 만든 이로 널리 알려져 있다. 그가 묻힌 수도원의 지하실에 들어가 보았다. 생전의 경건한 삶을 반영하듯 그는 소박한 석관에 묻혀 있었다.

푸른 들판과 소나무 숲을 지나 아헤스를 통과했다. 곧 아타푸에르카까지 이어지는 돌길이 펼쳐졌다. 돌투성이에 가파른 길을 걸어서인지 몹시 피로했다. 자꾸 처지는 몸을 이끌고 아내와 서로 격려하며 카르데뉴엘라에 도착했다. 아무리 힘들어도 한 걸음 한 걸음 걷다 보면 결국 목적지에 닿게 된다. 우리 인생도 그러하겠지. 알베르게에서 아까 그 젊은이도 다시 만났다. 저녁을 먹기 전 엉망이 된 그의 발을 먼저 치료해 주었다. 항생제까지 챙겨 주자 그는 너무나 고마워했다.

그럴 필요 없네, 젊은이. 이 길 위에선 우리 모두 한길을 걷는 형제니까.

라베 데 라스 칼사다스
(Rabe de las Calzadas)

START
카르데뉴엘라
(Cardenuela)

▲ 26.9km

　몸이 개운치 못하고 찌뿌둥했다. 아내도 피곤이 가득한 얼굴이다. 둘 다 늦잠을 잤지만 잠자리가 편한 건 아니었다. 어제 묵은 알베르게는 잠자리의 불편함은 말할 것도 없고 서비스도 최악이었다. 그러면서도 금액은 가장 비쌌다. 늦잠을 잤지만 서둘러 준비를 하고 7시 10분에 알베르게를 나섰다. 오늘은 라베 데 라스 칼사다스까지 간다.

　가는 길에 볼거리가 별로 없었다. 그래서 지체 없이 부르고스로 향했다. 부르고스는 인구 약 20만 명의 큰 도시로, 과거 프랑코 정부의 근거지이다. 여태껏 보았던 시골 마을과 달리 번화한 곳이었다. 시내로 들어가자 바로 대성당이 보였다. 부르고스 대성당은 세비아, 톨레도 대성당과 함께 스페인 3대 성당으로 불린다. 수세기에 걸쳐 많은 건축가들의 지혜와 열정이 집결된 성당 내부는 예상대로 몹시 아름다웠다. 그 크기며 아름다움이 이탈리아 산타마리아 성당에 버금갈 만하다. 우리 부부는 부르고스에서 많은 시간을 보냈다. 대성당 말고도 감상할 만한 아름다운 고딕풍 건물이 가득한 곳이었다. 이 도시에서 한 가지 아쉬운 점은 카미노 표시가 미흡하다는 것이다. 자세히 보지 않으면 헷갈리기 십상이다.

부르고스 시가지를 벗어나니 다시 시골의 비포장도로다. 얼마나 걸었을까. 오전부터 구름이 끼어 있던 하늘이 비를 뿌리기 시작한다. 적게 내렸으면 하는 마음으로 비옷을 입었다. 오후 4시 라베 데 라스 칼사다스에 도착했다. 평소 같으면 오후 2시쯤 알베르게에 도착했을 텐데 오늘은 부르고스에서 많은 시간을 보내느라 늦어졌다.

지난번에 발을 치료해 주었던 젊은 스위스 친구를 여기서 만났다. 발상태가 많이 좋아졌다고 하여 다행이었다. 저녁 식사는 순례객들과 함께하기로 했다. 식사 자리에서 알베르게 주인이 이 마을에 수녀님들이 와 계시고 8시에 순례객들을 위해 기도를 해 주신다는 말을 전했다. 조용한 시골에서 기도하고 계시는 수녀님들. 마치 순례객들을 위해 여기 계시는 듯했다. 함께 기도하고 마리아 목걸이도 선물 받았다. 이상하리만큼 마음이 편안했다. 완만한 구릉지에 아늑하게 자리 잡은 이 마을은 오랫동안 따뜻하고 평온한 곳으로 기억될 것 같다.

– DAY. 12 / 4월 16일 –

카스트로헤리스
(Castrojeriz)

START
라베 데 라스 칼사다스
(Rabe de las
Calzadas)

▲ 29km

눈을 떠 보니 6시 35분. 보통 5시면 눈을 떴는데 방심한 것 같다. 서
둘러 준비하고 7시 30분에 알베르게를 나섰다. 우리는 높은 지점을 향
해 천천히 걸었다. 완만한 오르막길 좌우로 온통 밀밭이었다. 눈앞에 펼
쳐진 풍경은 과거 동해 바다에서 군 생활하던 때를 떠올리게 했다. 푸르
른 바다와 어디선가 나타나 군함과 경주하듯 나란히 헤엄쳐 가던 돌고래
떼. 스페인 어느 시골의 밀밭이 그 시절 바다처럼 넘실대고 있었다.

비는 알베르게를 나설 때부터 내렸다. 흩뿌리는 정도라 별 문제가 되
지 않았다. 비옷을 입고 우산을 쓴 우리는 흔들림 없이 걸어갔다. 그러
나 산 볼을 지나 온타나스에 다다랐을 때쯤엔 길이 질퍽해졌다. 신발
에 진흙이 달라붙어 길가 풀밭에 비벼도 떼어 내기 어려웠다. 진흙 탓
에 발이 무거워졌다.

온타나스를 지나고부터는 산등성이를 따라 걸었다. 산 오른쪽은 잔
솔 나무, 왼쪽은 밀밭이 있었고, 멀리 보이는 산들은 민둥산이었다.

– 길 위에서 –

산을 내려와 오솔길을 따라 걷다 보니 다시 아스팔트길이다. 오늘의 목적지 카스트로헤리스가 가까워왔다. 로마와 서고트 왕국의 유적이 있고, 무어인과 그리스도교의 숱한 전쟁의 무대가 되기도 했던 작은 마을이다. 오후 1시 30분, 카스트로헤리스의 알베르게에 도착했다. 산 정상에 있는 9세기에 지어진 성에는 올라가지 못했다. 몸이 피곤하여 그저 멀리서 바라보는 것으로 만족하고 쉬기로 했다.

– DAY. 13 / 4월 17일 –

지난밤 묵은 알베르게는 5유로로 저렴했지만 시설이 낙후되어 주방이 없고 샤워시설과 화장실이 남녀 공용이었다. 여러 모로 불편했으나 순례에 지친 몸을 쉬어 갈 수 있는 곳이 있다는 사실에 감사하고 있다. 아침은 빵과 치즈, 요구르트로 해결했다. 밖을 보니 비가 조금 내려 비옷을 입고 출발했다.

눈앞에 그리 높지 않은 민둥산이 일자로 가로막혀 있었다. 50분 정도 걸려 산 정상에 오르니 옛날 순례자들이 쉬어 갔다는 비석과 함께 지금의 쉼터가 있었다. 정상에서 보니 카스트로헤리스를 중심으로 나지막한 민둥산이 빙 둘러져 있고 풍차들이 설치되어 있었다. 바로 아래는 급경사의 내리막이다.

2시간을 걸어 이테로 데 라 베가에 들어설 무렵 스페인 남자 하나가 덤불에서 무언가 줍고 있었다. 가까이서 보니 달팽이였다. 비가 오거나 구름이 끼면 달팽이들이 나온단다. 그의 양동이 속을 들여다보니 1/3 정도 채워져 있었다. 피부미용에 좋고 고급 요리에 사용된다는 얘기는 들었지만 아직 먹어 본 적은 없었다. 다시 아스팔트길을 따라 걷다 보니 넓은 밀밭이 나타났다. 비가 오는데도 스프링클러로 멀리까지 물을 뿌려 주고 있었다. 농토가 넓다 보니 농업시설들이 잘 갖춰져 있는 듯하다. 계속 걸으니 피수에르가 운하가 보였다. 이 운하 덕분에 대규모의 이 지역에 영농단지가 운영되고 있었다.

2km쯤 더 가니 카스티야 운하가 우릴 맞이했다. 이 운하는 18세기 당시 관개는 물론 곡물의 수송에도 이용되었다고 한다. 그 운하를 따라 순례길이 나 있었다. 키 큰 포플러 나무가 드문드문 심어진 길은 운하의 수문인 프로미스타까지 이어져 있었다.

프로미스타에서 포블라시온 데 캄포스까지 약 5km를 걸어 도착했다. 오늘 묵을 알베르게는 학교건물을 개조한 것이었다. 어제 묵은 알베르게처럼 요금은 저렴하지만 시설이 낡고 오래되었다. 카미노에서는 삶이 참 단순해진다. 걷고, 먹고, 쉬고 나면 다시 길 위에 선다. 오늘도 감사한 마음으로 하루 쉬어가야겠다.

— DAY.14 / 4월 18일 —

칼사디야 데 라 께사
(Calzadilla de la Cueza)

START
포블라시온 데 캄포스
(Poblacion de Campos)

▲ 33.4km

알베르게에서 짐을 7시 30분부터 받는다고 했다. 우린 7시에 출발을 하려고 했지만 어쩔 수 없었다. 서두른다고 될 일도 아니고. 그래서 준비를 마치고 기다렸다가 7시 30분에 짐을 하나 부치고 바로 출발했다.

운하 뱃길 마을 비얄카사르의 성당에 왕족과 귀족의 무덤이 있다고 들었는데 문이 닫혀 볼 수 없었다. 대신 성당의 아름다운 스테인드글라스만 보고 지나쳤다. 비얄카사르를 벗어나자 아스팔트 도로 옆에 순례길이 나 있었다. 그 길을 따라 카리온까지는 18km다.

카리온의 산타마리아 성당은 문이 열려 있어 내부를 구경할 수 있었다. 로마네스크 양식으로 지어진 카미노의 성메리 성당도 보고 싶었지만 안내소만 열려 있었다. 8세기 무렵 이베리아 반도를 지배하던 이슬람교도들이 매년 100명의 처녀들을 바치라고 그리스도교인들에게 강요했던 일이 마침내 종식된 것이 이 성당과 관련이 있다.

칼사다 로마나를 지날 무렵 고대 로마시대부터 2,000년 넘게 사용된 로마길이 나왔다. 이탈리아 폼페이의 도로와 달리 오래된 길임에도 잘 정리된 모습이었다. 길 위엔 아직도 바퀴 자국이 선명했다. 아마 마차의 자국이리라. 얼마나 많은 마차들이 이 길 위를 달렸을까. 그런데 이지역에서는 돌이 생산되지 않는다고 한다. 캄보디아의 앙코르와트를지을 때처럼 수천 톤의 돌을 다른 곳에서 옮겨 왔을 것이다. 돌이 생산되지 않는 지역에서 이런 길을 만들었다니 참으로 놀랍다.

다시 차선 없는 아스팔트 길이 이어졌다. 가로수로 심어진 포플러 나무를 따라 한참 걷자 이내 흙길이 나왔다. 사방은 밀밭 천지였다. 여기서부터는 아무것도 심지 않은 밭들도 심심치 않게 보였다. 가도 가도계속 같은 자리를 맴도는 기분을 느끼게 하는 코스였다. 이제 끝인가하면 다시 새로운 흙길이 가물거리며 시작되었다.

그 지루한 길에서 우리를 더 힘들게 한 것은 바람이었다. 여름엔 뜨거운 태양이, 겨울엔 매서운 바람이 순례자들을 괴롭혔을 것이다. 지금은 봄이니 그나마 낫지 않은가. 그런 생각으로 스스로를 위로했지만힘든 건 어쩔 수 없었다. 바람은 우리 앞에서 세게 불어 왔다. 차라리등을 밀어 주었다면 좋았을 텐데. 한 발 한 발 옮기기가 힘겨웠다. 아내가 지쳐 갔고, 나는 어제 치료한 발목이 다시 아파 왔다. 파카를 뒤집어쓰고 걸었지만 찬 봄바람이 새어 들어왔다. 우측의 먼 산 위에는아직도 눈이 쌓여 있었다.

과연 이 길이 끝날까 싶을 무렵 칼사디야에 도착했다. 정말 힘든 하루였다. 지친 아내가 탈이라도 날까 봐 걱정이다. 그래도 알베르게에앉아 잠시 쉬니 피로가 풀리는 것 같았다. 주방이 없다는 점이 아쉬웠지만 침대와 샤워시설이 훌륭한 곳이었다.

브라질에서 온 60세 여인이 발을 절룩거리기에 치료를 해 주었다. 그 모습을 물끄러미 보던 미국 여인도 발이 아프다며 치료를 부탁했다. 처음엔 동양의학에 거부감을 갖던 이들도 다른 사람이 나아지는 모습을 보면 용기를 내어 다가온다. 이 길 위에서 내가 순례객들을 위해 나누어 줄 수 있는 것이 있다는 사실에 다시 한번 감사한다.

— DAY. 15 / 4월 19일 —

오늘은 출발부터 완만한 오르막길이다. 내리막이 시작될 무렵에는 아스팔트 도로를 따라 순례길이 나 있었다. 칼사디야에서 레디고스, 테라디요스를 거쳐 모라티노스에 다다랐을 무렵 멀리 가마터 같은 것이 보였다. 가까이 가 보니 가마가 아니라 흙으로 만든 집이었다. 그곳에서 다시 2.5km 걸어 도착한 산 니콜라스 델 레알 카미노에서도 비슷한 건물을 볼 수 있었다. 바로 산 니콜라스 성당이다. 흙으로 지어진

이 성당 안에 아름다운 바로크 양식 제단이 숨어 있다고 한다. 보고 싶었지만 역시나 잠겨 있어 아쉬웠다. 근처 바에서 커피 한 잔으로 목을 축이고 걸음을 재촉했다.

다시 5km가량을 걸어 사아군에 닿았다. 이곳은 중세 교회 권력의 중심지이자 과거 산티아고로 향하는 순례객들의 휴식처였다고 한다. 9세기 로마시대 성 파쿤도가 수도원을 일으키고 순교한 곳도 이곳이다. 산 로렌소 광장에서는 무데하르 양식의 산 로렌소 성당과 이 광장의 랜드마크라 할 수 있는 탑을 볼 수 있었다. 또 산타클라라 박물관에서는 아름다운 성모마리아 조각상이 있다. 사아군은 눈과 마음을 사로잡는 훌륭한 예술품이 가득한 곳이었다.

사아군에서 칼사다 데 코토까지는 그리 멀지 않았다. 알베르게를 찾아 제일 먼저 아침에 부친 짐을 확인했다. 그런데 아직 오지 않았다. 여태 그런 적이 없었는데 낭패다. 70대 알베르게 주인에게 물어보아도 언어 소통이 매끄럽지 않으니 답답할 뿐이었다. 뒤늦게 영어를 조금 아는 주인 아들이 나타나 짐을 가지러 가기 위한 택시를 부를 수 있었다. 택시는 30분 후에 오기로 했다. 슈퍼에 가서 몇 가지 식품을 사 가지고 와 보니 배달원이 우리 짐을 가지고 왔다. 다행이다 싶으면서도 택시를 부른 것을 어쩌나 싶었다. 시간 맞춰 나타난 택시기사에게 사정을 설명하고 기본요금만 주겠다고 하니 7유로를 더 달라고 했다. 그 역시 헛걸음을 한 것이니 달라는 대로 주었다.

그러한 일들 때문일까. 알베르게 주인이 우릴 영 못마땅해 하는 눈치다. 알고 보니 그는 순례자들이 짐을 부치는 것에 약간의 반감을 갖고 있었다. 그는 몸이 불편하더라도 짐을 부치는 건 순례 정신이 어긋

난다고 했다. 제 몫의 짐을 지고 고통을 참고 견디는 데 순례의 참 뜻이 있으니 몸이 편한 걸 먼저 찾지 말라는 것이다. 얼굴이 확 달아올랐다. 듣고 보니 그 말이 맞다. 아내가 힘에 부칠 것이 염려되어 짐을 몇 번 부쳤던 것이지만 애당초 편하게 걷고자 이 길로 온 것은 아니지 않은가. 젊은 순례자들 보기 부끄럽다. 앞으로는 무슨 일이 있어도 우리 몫의 짐을 메고 가겠다.

− DAY.16 / 4월 20일 −

아침 일찍 떠날 준비를 했다. 그 모습을 지켜보던 알베르게 주인이 차 한 잔을 내주며 순례에 관한 이야기를 들려주었다. 서아프리카에서 온 한국인 부부가 통역을 해 주었다.

그는 알베르게를 나서는 우리를 안아 주며 말했다. "부엔 카미노!" 순례의 의미를 다시 한 번 되새겨 준 그가 무척 고마웠다. 오늘은 아내와 나 각각 배낭 2개를 둘러메고 길을 나섰다.

옛 로마길로 가려 했는데 잘못하여 대체 루트로 들어섰다. 일단 렐리에고스에 도착해서 택시를 타고 다시 와 보기로 하고 계속 걸었다. 둘이 나란히 걸을 만한 넓이의 흙길을 걸으며 아내와 이런저런 애기를 나눴다. 오늘도 끝없이 펼쳐진 밀밭, 그리고 파종을 하려는지 뒤집어 놓은 땅만이 느린 속도로 우리 뒤로 밀려났다.

"벌써 보름이나 지났네." 아내가 새삼스레 말했다.

"보름을 걸어왔으니 그동안 밀밭의 이삭들도 많이 자라났을 거야." 나도 고개를 끄덕였다.

바에 들러 따끈한 에스프레소 한 잔을 마셨다. 여기서부터 13km는 차를 마시는 곳이 없다.

비야마르코에는 경비행장이 있었고 버드나무가 드리워진 길 중간중간에는 돌의자가 설치되어 있었다. 5시간을 걸었더니 몸에서 김이 나는 것 같았다. 그러나 멀리 눈 덮인 산에서 불어오는 찬바람이 이내 땀을 식혀 주곤 했다. 칸타브리카 산맥을 지나며 아내가 뒤로 처졌다. "이제 다 왔으니 조금만 더 힘 내!" 내 응원에 아내가 마지막 힘을 짜냈다. 그렇게 서로를 격려해 가며 오늘도 무사히 목적지 렐리에고스에 도착했다.

알베르게에 짐을 풀자마자 주인에게 택시를 불러 달라고 해서 아까 지나친 로마길에 갔다. 그 길의 너비는 10m가량 되었다. 길을 말뚝으로 막아놨지만 들어가서 사진을 찍을 수 있었다. 이 길은 갈라에시아의 금광을 로마와 연결하도록 건설된 고속도로다. 로마 최초의 황제인 아우구스투스의 칸타브리카 원정에 사용된 길이기도 하다. 이후 이슬람 군대와 그리스도교 군대가 시베리아 반도의 패권을 빼앗기 위한 전투르를 벌일 때도 로마길이 사용되었다. 현재는 어떠한가. 나와 같이 산티아고를 향해 순례자들이 이 길을 밟고 있다.

— DAY.17 / 4월 21일 —

라 비르헨 델 카미노
(La Virgen del Camino)

▲ 35.2km

START
렐리에고스
(Reliegos)

5시. 아내가 잠을 설친 것 같아 깨우지 않으려고 조심스럽게 일어났다. 주방으로 가 밥을 안치고 어제저녁에 끓여 놓은 국을 데웠다. 오늘도 밥을 오래 끓여 누룽지를 만들었다. 곧 아내가 내려왔다. 별것 없는 아침을 맛있게 먹어 주니 내 배가 든든한 느낌이었다.

오늘 목적지 레온에 가까워질수록 도로엔 차들이 많아졌고 소음도 커졌다. 덩달아 우리 걸음은 느려졌다. 순례길이 차선 바로 옆인 경우도 있었다. 차가 오는 방향으로 걸어가고 있지만 이 구간에서 방심은 금물이다.

레온은 1세기에 로마인들이 만든 도시로 현재 인구 30만이 넘는 대

도시다. 우리는 일단 시내 레스토랑에서 간단하게 점심을 먹었다. 그리고 산 마르셀 광장에 있는 가우디의 카사 데 보티네스를 보러 갔다. 가우디는 모던함을 추구했던 다른 건축가들과 달리 여전히 중세 양식에 따라 궁전을 짓고 정문 위에 '용을 잡는 성 조지의 상'을 새겼다고 한다. 이 궁전은 종교와 관계없는 민간 자금으로 건립된 것으로도 유명하다. 장엄한 고딕양식으로 지어진 레온 대성당은 수리 중이라 내부를 볼 수 없어 아쉬웠다.

복잡한 도시로 들어서자 알베르게를 찾는 일도 쉽지 않았다. 오늘은 베네딕트 수도회 수녀님들이 운영하는 알베르게에서 묵기로 했다. 그런데 청천벽력 같은 소식이 우릴 기다리고 있었다. 그때가 오후 2시 무렵이었는데 180개의 침상이 이미 다 찼다는 것이다. 아내 표정이 급격히 어두워졌다. 알베르게가 있는 레온 교외 지역 라 비르헨 델 카미노까진 9km다. 별 수 없이 피곤에 지친 다리를 이끌고 다시 2시간을 걸어갔다.

알베르게에 도착하자마자 아내는 침대에 누워 버렸다. 나는 일단 근처 슈퍼로 나가 장을 보았다. 아무리 피곤하더라도 내일 입을 옷을 빨아 말리고, 주방이 있으면 밥을 해 먹고, 내일 일정을 체크하고, 아내의 발과 순례객들의 발을 치료하고, 하루 일을 정리하는 시간을 갖는다. 내가 꼭 해야 할 일이니 귀찮다거나 하기 싫었던 적은 없다. 그런데 글을 쓰고 있는 지금 이 순간, 눈이 감길 만큼 피곤하다. 내일 일정도 아직 확인하지 못했다. 정말 힘든 하루였다.

오스피탈 데 오르비고
(Hospital de Orbigo)

▲ 28.4km

START
라 비르헨 델 카미노
(La Virgen del
Camino)

어제 미리 만들어 둔 누룽지를 챙겨 일찍 출발했다. 렐리에고스 알베르게 주인의 충고대로 우리는 힘들어도 배낭을 메고 가고 있다. 몸이 고통에 익숙해지면서 어느새 친구처럼 동행하고 있는 느낌이다. 발이 아픈 것도 많이 나아졌다. 그의 말을 따르길 잘했다.

알베르게에서 조금만 나오면 현대식으로 지어진 비르헨 성지와 유골함이 있다. 16세기 초 이곳에서 한 양치기가 성모의 환영을 보았다. 성모는 이곳에 성당이 만들어지게 될 것이라고 했다. 그러한 기적 덕분에 이곳은 성지가 되어 많은 순례자들이 찾고 있다.

어제 길을 확인 않고 잔 탓에 대체 루트로 들어서 버렸다. 어제는 아내도 나도 너무 피곤했다. 보통은 출발하고 1시간 정도 되면 몸에 활력이 생겨 잘 걷는데 오늘은 몸이 풀리질 않는다. 아마 피로가 많이 쌓였나 보다. 어깨의 짐이 돌덩어리처럼 느껴지지만 아내도 나도 꾹 참고 걸었다. 우리는 도로 옆으로 난 오솔길을 따라 걸었다. 차량소통이 많은 지역이라 그런지 차 소음이 많았다.

한참을 걸어 산 마르틴 델 카미노에 도착했다. 카페에 들러 차를 주문했다. 차를 마시며 밖을 보았더니 비가 내리기 시작했다. 이젠 비가 내릴 때 걷는 일도 익숙해졌다. 오락가락하던 비는 오스피탈 데 오르비고에 도착할 무렵 제법 세차게 내렸다. 이 지역에는 스페인에서 가장 오래되고 긴 중세 다리인 '오르비고 다리'가 있다. 13세기 로마시대에 지어진 이 다리는 인근 마을과 마을을 이어 주는 통로이며 로마시대엔 무역발전에 큰 역할을 했다고 한다. 또 세르반테스가 소설 『돈키호테』의 영감을 얻은 곳이라고 전해져 온다. 다리를 구성하는 아치의 모습이 인상적이다.

비에 흠뻑 젖은 우리는 화가 부부가 운영하는 알베르게에 들었다. 실내엔 그림이 가득했고 디자인도 짜임새가 있었다. 예술을 하는 사람이 운영하는 곳이라 그런가 느낌이 사뭇 달랐다. 잔잔한 음악을 들으며 커피도 한 잔 했다. 마음을 편안하게 해 주는 분위기가 마음에 든다.

- DAY.19 / 4월 23일 -

산타 카탈리나 데 소모자
(Santa Catalina de Somoza)

▲ 28.3km

START
오스피탈 데 오르비고
(Hospital de Orbigo)

어젯밤엔 비가 쏟아 붓더니 아침엔 날이 개었다. 오늘도 일찍 알베르게를 나섰다. 그런데 우리보다 더 부지런한 양치기들이 있었다. 안개가 자욱한 산자락을 타고 양들이 느리게 이동하고 있었다. 풀을 먹이러 가는 모양이었다.

비가 오면 땅이 질퍽거려서 불편하다. 흙이 신발에 덜 달라붙도록 신경을 쓰며 산 정상에 오르자 태양이 떠올랐다. 신선한 아침 공기를 깊이 들이마셨다. 아침 햇살에 안개가 서서히 걷혔다. 몇 개의 산등성이를 오르락내리락 하는 동안 땅의 질퍽거림도 많이 줄어들었다.

길에서 노인 3명을 만났다. 남자 하나에 여자 둘이었다. "Hello. I'm Korean. Where are you from?" 내가 먼저 말을 걸었다. "We're from Denmark." 남자가 대답했다. 그렇게 말문을 트고 얘기를 나누다가 남자 옆의 여자를 가리키며 물었다. "Is she your wife?" 그러자 남자는 그럼 내 아내가 둘이냐며 유쾌하게 웃었다. 이웃 친구들이라고 한다.

친구들과 카미노라. 멋진 황혼이다.

3시간을 가까이 걸어 '산토 토리비오 십자가'에 도착했다. 5세기 아스트로가의 토리비오 주교가 마을에서 추방당할 때 이 석조 십자가 앞에서 마지막 작별인사를 하며 무릎을 꿇었다고 한다. 이곳에서 아래 마을을 내려다보니 평화로워 보인다. 멀리 대성당의 쌍둥이 탑이 보이고 레온 산맥과 텔레노 산맥도 눈에 들어왔다. 한참 풍경을 바라보다 다시 걷기 시작했다.

아스트로가. 번화한 도시와 유적들이 혼재된 매력적인 도시였다. 산 프란시스코 광장에서 로마시대의 유적을 둘러보았다. 중앙광장에서는 17세기 바로크 양식의 신청사와 전통 복장을 한 남자와 여자가 매 시간 종을 쳐서 시간을 알리는 모습도 보았다. 아스트로가에서도 가우디의 흔적을 찾을 수 있었다. 가우디가 지은 아름다운 카미노 박물관에도 들렀다. 역사적인 문화유산 앞에 서면 시간이 어떻게 가는지 모르겠다. 순례를 하며 역사공부도 하고 문화도 체험할 수 있으니 참 뜻깊다.

오늘의 목적지는 산타 카탈리나 데 소모자. 알바르게는 산 정상 마을에 있었다. 쉽지 않은 길이었지만 아내와 오늘 보았던 것들에 대해 애기하며 걸었더니 수월하게 도착했다. 여기 알베르게에서 한국 학생을 만났다. 별다른 준비 없이 하루 10~15km씩 산티아고에서부터 거꾸로 걷고 있다고 한다. 청춘에겐 이 길이 어떤 기억으로 남을까. 의미 있는 순례가 되길 바라며. 부엔 카미노!

산토 토리비오 십자가 앞에서. 멀리 아스트로가가 보인다.

오늘 걷는 길은 소나무, 참나무가 많은 고원이다. 이름 모를 새들이 즐겁게 지저귀며 우릴 반겨 주었다. 구름이 낮게 깔려 있지만 기분은 최고다. 오후에는 비가 올 것 같다.

가뿐한 걸음으로 라바날 델 카미노에 도착했다. 바에 들러 우유 한 잔으로 기력을 보충한 다음 산타마리아 성당을 둘러보았다. 이 마을은 12세기 템플 기사단이 순례자들이 산을 안전하게 지날 수 있도록 보호했던 곳이라고 한다. 작은 마을인데도 호텔과 슈퍼가 몇 군데나 보인다. 관광객이 많이 찾는 곳인가 보다.

폰세바돈은 산 정상에 있는 마을이다. 경치가 그야말로 장관이다. 작달막한 희고 노랗고 붉은 꽃들이 한가득 피어 있다. 꽃의 이름은 '히스'라고 한다. 주위 산에 이 꽃이 가득하다. 자연적으로 형성된 군락지인 듯하다. 비가 오지 않았다면 더욱 아름다웠을 텐데. 그래도 방울방울 피어난 꽃들을 감상할 수 있어 행복했다.

안개가 서서히 걷히자 산들이 선명하게 보이기 시작했다. 풍경을 감상하며 걷다 보니 푸에르타 이라고에 도착했고 산티아고의 상징 중 하나인 '철 십자가'를 만났다. 해발 1,505m에 우뚝 선 철십자가. 순례객들은 자신의 고향에서 가져온 돌을 철십자가 아래에 놓고 소원을 빈다고 한다. 그래서인지 철십자가 아래에 돌무덤이 만들어져 있다. 얼마나 간절한 소원들이었을까. 작은 돌 하나에 담긴 마음들이 태산처럼 무겁다. 그들 모두의 소원이 이루어졌기를 간절히 바란다.

이라고산에서 내려다보는 풍경이 아름답다. 그래서 관광객들이 많이 오나 보다. 산을 타고 절반쯤 내려왔을까. 오늘의 목적지 아세보에 도착했다. 산 중턱의 작은 마을이었다. 날씨가 맑으면 좀 더 둘러보고 싶은데 아쉽다. 내일이면 날씨가 화창해지겠지. 오늘은 그만 쉬어야겠다.

자연이 가꾼 화원 위에서. 꽃에, 향기에 취한 아내는 오래도록 그곳을 떠나지 못했다.

- DAY. 21 / 4월 25일 -

감포나라야
(Camponaraya)

▲ 26.9km

START
엘 아세보
(El Acebo)

　지난밤 묵은 알베르게는 생각보다 좋은 잠자리가 아니었다. 그래도 주위 풍경 하나는 최고였다. 아침 일찍 산을 내려오며 우리는 장관이라고 할 수밖에 없는 풍경에 마음을 빼앗겼다. 어제 산을 오를 때도 멋졌는데 내려가는 길도 그렇다. 흰 꽃들이 마치 눈처럼 산을 뒤덮고 있었다. 그 모습에 감탄하고 사진도 찍느라 암브로스까지 2시간이나 걸렸다. 암브로스를 지나 대도시 폰페라다에 도착했다. 마침 산타마리아 바실리카 성당에서 11시 미사를 드리고 있었다. 잘 됐다 싶어 길에서 만난 독일인과 같이 미사를 드렸다. "점심은 돼지고기 어때? 여기가 유명하다는데." 아내도 흔쾌히 그러자고 했다. 성당 부근의 레스토랑에서 감자를 곁들인 돼지고기 요리를 점심으로 먹었다. 지역의 유명 음식을 먹어보는 것도 여행의 즐거움 중 하나다.

　배를 든든히 채우고 다시 길을 나섰다. 도시 외곽으로 빠져 나갈 무렵 아내가 그곳 주민에게 길을 물었다. 그는 친절하게 지름길이 있다고 했다. 아내가 나를 보았다. 잠시 갈등했지만 점심을 여유롭게 먹느라 시간이 많이 지체되어 지름길로 가기로 했다. 그런데 다른 이들은 그 길로 가면 안 된다고 했다. 하지만 우릴 안내하겠다고 나선 이는 자신감에 차 있었다. 우린 그를 믿고 따라나섰다. 지름길이란 말이 너무나도 유혹적이었기 때문이다.

그러나 지름길은 없었다. 우린 산길을 이리저리 헤매기만 했다. 조금 편하자고 쉬운 길로 가려다가 되레 시간과 에너지만 낭비하고 만 것이다. 갑자기 맥이 탁 풀리며 내 짧은 생각이 몹시 후회되었다.

카미노를 걷다 보면 버스나 택시를 이용하는 순례객들이 많다. 하루 종일 걷다 지치면 그 유혹에 넘어가기 쉽다. 버스로 30분이면 갈 거리를 하루 종일 걸어가야 하는 곳이 바로 산티아고이기 때문이다. 여기선 빠르게 가는 것이 능사가 아니다. 자신의 속도에 따라 포기하지 않고 걸어가면 그걸로 족하다. 우린 달팽이처럼 느리게 걸으며 그동안 내가 놓치고 살아온 것이 무엇인지 돌아볼 수 있는 길 위에 서 있다.

"다시는 그러지 맙시다."

"절대 그러지 말아요, 이젠."

아내와 난 굳은 다짐을 하며 다시 발걸음을 돌렸다. 지름길을 찾아 나섰던 그 길에서부터 걷기 시작했다. 그러나 산길에서 진을 뺀 탓에 애초 정한 곳까지 가기엔 무리였다. 어쩔 수 없이 오늘은 캄포나라야에서 쉬기로 했다. 입구에 버드나무 숲이 울창하게 조성되어 있고, 밀밭 사이로 야생 양귀비가 붉게 피어 있는 작은 마을이었다.

캄포나라야를 벗어날수록 오르막길에 포도밭이 펼쳐졌다. 포도덩굴이 잘 뻗어 나가도록 철망을 해 둔 곳도 있었다. 이 지역도 포도주산지라고 한다. 약 5km 떨어진 카카벨로스에 닿을 때까지 포도밭이 형성된 구릉지를 오르락내리락했다.

비야프란카 델 비에르소에 12시 무렵 도착했다. 인구 5천 명의 작은 도시지만 관광객을 심심치 않게 볼 수 있었고, 성당과 수도원, 수녀원이 많았다. 우리는 산티아고 성당과 수녀원만 들렀다. 산티아고 성당의 모습이 참으로 우아했다.

점심을 먹고 트라바델로를 향해 걷고 걸었다. 페레헤 강을 따라 걸었는데 버드나무 숲이 울창하게 조성되어 있었다. 좌우로 산맥이 있어 협곡에 가까운 곳이다. 어제만큼은 아니지만 꽃들이 피어난 협곡 위를 바라보며 풍경을 즐겼다. 어젯밤에 비가 많이 내린 탓인지 많은 양의 물이 협곡 사이로 힘차게 흐르고 있었다.

오늘의 목적지 트라바델로는 강을 따라 형성된 마을이다. 버드나무가 많은 지역이라 그런가. 목재 제재소가 여럿 눈에 띄었다. 알베르게 근처에 슈퍼가 있어 저녁을 해 먹을 수 있었다. 나는 주방에서 저녁을 만들어 먹는 걸 즐긴다. 주방은 다른 나라 사람들과 만나 자연스럽게 얘기를 나누고 친해질 수 있는 장소이기 때문이다.

오늘은 독일인 부부를 만났다. 그들의 딸도 함께 왔는데 발이 아프다고 하여 치료를 해 주기로 했다. 치료를 받으며 딸은 조근조근 자신의 얘길 들려주었다. 현재 34살로 태권도를 할 줄 안다는 것, 핀란드에서 대학원 공부 중이며 그곳에서 만난 남자친구와 결혼을 앞두고 있다는 것 등등.

저녁을 먹고 침대로 돌아가 보니 콜라 한 캔이 놓여 있었다. 독일인 부부의 딸이 아내가 가슴이 답답하다며 콜라를 마시는 걸 보고는 한 캔 사다 준 것이었다. 그 다정한 마음이 고마웠다.

- DAY. 23 / 4월 27일 -

START
트라바델로
(Trabadelo))

파도르넬로
(Padornelo)

▲ 26.7km

　트라바델로에서 발카르세까지 이어지는 구간에선 꽃들의 향연이 펼쳐졌다. 물이 흐르는 계곡을 따라 색색의 꽃들이 만발해 있었다. 이토록 아름다운 풍경 속에 있다는 것이 믿기지 않을 정도였다. 꽃뿐만 아니었다. 우리나라에선 볼 수 없는 하얀 이끼가 눈꽃처럼 온 산을 수놓았고, 들판 위의 소가 풀을 뜯을 때마다 목에 달린 종소리가 사방으로 울려 퍼졌다. 모든 걸 내려놓고 머물고 싶을 만큼 멋지고 평화로운 풍경이었다.

　오르막이 시작되는 라 파바에서 차 한 잔 마셨다. 라 파바에서 라구나까진 금방이었다. 라구나에서 내려다본 마을 풍경이 근사했는데 비가 내려 아쉬웠다. 라구나부터 오세브레이로까진 가파른 산길이었다. 그리고 우리는 드디어 레온 자치구를 벗어나 켈트족의 전통이 살아 있는 갈리시아주에 접어들었다. 산티아고가 점점 가까워지고 있었다. 숨이 차긴 했지만 산 정상에 있는 오세브레이로까지 어렵지 않게 도착했

166　　　　　- 길 위에서 -

다. 이 마을에 있는 성당은 카미노 데 산티아고에서 가장 오래된 건물로 알려져 있다.

갈리시아 지역은 날씨가 변화무쌍하다더니 정말 그랬다. 성당을 둘러보고 나오니 안개 때문에 앞을 분간하기가 어려울 정도였다. 좀 더 머물고 싶었지만 컨디션을 조절하기 위해 길을 재촉했다. 산길에 안개가 앞을 가리니 빨리 쉴 곳을 찾아가는 게 우선이었다. 길이 완만하여 그나마 다행이었다. 약 8km를 걸어 오늘의 목적지 파도르넬로에 도착했다.

자전거 순례객들도 심심치 않게 만났다. 같은 곳을 향해 걷는 이들의 존재가 얼마나 큰 힘이 되었는지 처음엔 미처 알지 못했다.

– DAY. 24 / 4월 28일 –

사리아
(Sarria)

▲ 29.7km

START
파도르넬로
(Padornelo)

4일 동안 내리던 비가 그치고 하늘이 맑게 개었다. 가까운 목장부터 먼 목장까지 온 천지가 푸르다. 우리는 산 정상으로 이어진 도로를 따라 걸었다. 비두에도를 지나 비요발까지 걷는 동안 작은 마을을 여럿 지나쳤다. 주로 목축을 하는 곳이었는데 소 배설물로 인한 악취가 심했다. 다른 지역의 목장은 그렇지 않은데 이상할 정도였다. 그 악취는 이곳 자연의 아름다움을 순식간에 잊게 만들 정도였다.

우린 트리아카스텔라로 가는 짧지만 힘든 길을 선택했다. 개울을 따라 한참 가니 오르막이 이어진다. 트리아카스텔라, 산실을 지나 몬탄에 들러 커피를 마시며 잠시 휴식을 취했다. 다시 걷기 시작했는데 이번엔 가파른 내리막이다.

"당신 괜찮아? 길이 너무 가파른데."

"나는 오르막보다 내리막이 더 걷기 편해요."

나와 반대다. 그래도 아내가 편한 길이 더 낫다. 내가 천천히 안전

– 길 위에서 –

하게 내려가면 될 테니. 아내는 탄력이 붙으면 나보다 더 잘 간다. 그럴 때 내가 따라잡기 힘들 정도다. 오늘 아내는 컨디션이 좋은 것 같았다. 목적지로 정한 산 마메드 델 카미노에 도착했는데 조금 더 걷자고 했다.

"어디까지 가려구?"

"저기 눈앞 마을까지만요."

그래서 1시간 남짓 걸어 사리아까지 오게 됐다. 사리아부터 산티아고 까진 100km다. 100km만 걷기를 희망하는 순례객들은 사리아에서 출발 한다.

산티아고까지 이제 얼마 남지 않은 것 같다.

알베르게에 짐을 풀고 밖으로 나왔다. 오늘 저녁은 사 먹기로 했다. 사 리아가 켈트족 문화에 기원을 두고 있는 곳인 만큼 이곳의 문화와 음식을 체험해 보고 싶었다. 일단 산타마리아 성당에서 6시 미사를 드렸다. 그 런 다음 시장을 둘러보고 레스토랑에 들어갔다. 어디에 앉을까 고민하다 가 야외 테라스에 앉았다.

나는 문어 요리, 아내는 샐러드를 주문했다. 문어는 한국에서도 그다 지 좋아하는 음식은 아니지만 한번 먹어 보고 싶었다. 그런데 데칠 때 소 금을 많이 넣었는지 약간 짰다. 음식을 먹는데, 비가 후드득 떨어졌다. 어쩔 수 없이 다시 안으로 들어갔다.

먼저 식사를 끝낸 아내가 식당 주인에게 우산을 빌렸다. 비가 걱정인 모양이었다. 알베르게에 가서 비옷과 우산을 가져오겠다고 했다.

"당신은 계속 드세요. 잠깐 지나가는 비면 몰라도 계속 오면 어떡해요."

아내를 홀로 보내는 게 탐탁지 않았지만 잠자코 식사를 마쳤다. 그 사이 불행인지 다행인지 비가 그쳤다. 그런데 한참을 기다려도 아내가 오질 않았다. 걱정이 되어 나가 보니 아내가 걸어오고 있었다. 조금만 기다려 보았으면 좋았을 걸 괜한 헛수고를 했다.

— DAY. 25 / 4월 29일 —

포르토마린
(Portomarin)

▲ 22.9km

START
사리아
(Sarria)

오늘은 지금까지 걸었던 것 중 가장 짧은 거리를 간다. 아마 오전 중에 도착할 것이다. 어제저녁 미사를 드렸던 산타마리아 성당을 지나자 오르막길이 시작되었다. 고목나무 숲을 가로지르며 아내의 호흡이 가빠지는 걸 느꼈다. 오르막은 여전히 힘이 든다.

주변 풍경은 아름다웠지만 마을이 가까워질 때마다 악취가 났다. 또 아스팔트나 모래가 많은 길이면 괜찮은데 흙길일 경우 흙과 소똥이 뒤범벅되어 질퍽거리는 길을 걸어야 했다.

모우트라스부터는 소나무가 빽빽이 들어선 길이다. 그래도 오늘은 오르막이 별로 없고 주변을 볼 수 있는 확 트인 공간이 많았다. 가다가 절

- 길 위에서 -

룩이는 순례객을 만났다. 살펴보니 발목이 좋지 않았다. 치료를 하고 진통제를 챙겨 주었다. 어디까지 가냐고 물으니 포르토마린이라고 한다. 목적지가 같으니 그곳에서 만나 다시 봐 주기로 하고 헤어졌다.

오늘은 아내가 착한 일을 했다. 누군가 떨어뜨리고 간 새 장갑을 주운 아내가 부지런히 걸어가더니 앞서 가던 순례객들에게 장갑을 보이며 혹시 잃어버린 게 아니냐고 물었다. 그중 한 순례객이 환한 미소를 지으며 자기 것이라고 했다. 장갑을 잃어버렸던 미국인 순례객과 일행들은 고마워하며 아내와 손바닥을 부딪쳤다. 즐거운 일이었다.

포르토마린에 가까워지자 순례객들이 줄지어 간다. 사리아에서부터 걷는 순례객들이 많다더니 정말 그랬다. 사리아부터는 카미노의 풍경이 확 달라졌다. 여름에는 더 많은 순례객들이 지나가겠지. 성수기가 아닌 지금 오길 잘한 것 같다. 날씨도 좋고, 붐비지도 않으니 말이다.

오늘은 벨레사르 저수지 위에 있는 알베르게에 여장을 풀었다. 연일 육고기만 먹어서인지 오랜만에 신선한 음식이 생각났다. 수제비를 먹기로 하고 장을 봤다. 슈퍼에서 돌아오는 길에 만난 키다리 학생도 우리 식탁에 초대했다. 새우, 호박, 양파, 마늘 등 필요한 건 다 넣고 수제비를 끓였다. 우린 맛있었는데 학생 입에 한국 음식이 잘 맞았는지 모르겠다.

여유롭게 할 일을 마친 다음 산 니콜라스 성당에서 저녁 미사를 드렸다. 근처 카페에서 차 한 잔 하려다 그냥 알베르게로 돌아왔다. 알베르게에서 주위 산들의 경관도 바라보며 마시는 차 맛도 훌륭했다. 그런데 여기서 만나기로 한 순례객이 보이지 않는다. 아마 더 멀리 갔거나 다른 알베르게에 들었을 것이다. 한 번 더 치료를 하면 호전될 것 같았는데 아쉽다.

알베르게에 도착하면 먼저 짐을 풀고, 빨래하고, 식사를 한다. 그런 다음 내일 일정을 준비한다. 산티아고에서의 하루하루는 이렇게 단순하고 평온하게 흘렀다.

– DAY. 26 / 4월 30일 –

팔라스 데 레이
(Palas de rei)

▲ 26.1km

START
포르토마린
(Portomarin)

일찍 출발하여 고요한 호숫가를 따라 걸었다. 곧 어둠이 채 걷히지 않은 숲길이 펼쳐졌다. 아름다운 새소리가 숲의 정적을 깨우며 아침을 준비하고 있었다. 숲길을 한참 올랐더니 곧 완만한 경사의 내리막이 이어졌다. 목장의 풀들이 봄바람을 맞으며 무럭무럭 자라고 있었다. 이 지역은 목장이 많다. 드물게 농기계를 움직이는 농부들을 만나면

– 길 위에서 –

거의 노인들이다. 여기도 젊은이들은 도시로 가고 노인들만 남아 있는 듯하다.

12시 무렵 오늘의 목적지 팔라스 데 레이에 도착했다. 브라질 출신의 40대 알베르게 주인이 우리를 맞아 주었다. 정감 가는 인상이라 금세 허물없이 얘기를 나누게 되었다. 그는 스페인 친구의 소개로 이곳에 오게 되었다고 한다. 이탈리아에서 프로축구 선수생활을 하다 그곳에서 만난 여자와 결혼해 아들도 하나 두었단다. 홀로 이곳에 온 지 4개월이 되었고, 아내와 아들은 방학 때 여기에 온다고 했다. 왠지 적적해 보였다.

점심을 늦게 먹어서인지 저녁 생각이 없었다. 빨래를 마치고 내일 일정도 점검한 다음 차라도 한 잔 하러 주방으로 내려갔다. 아내는 일찍 잠이 들었다. 주방엔 리투아니아에서 온 2명의 여자들이 있었다. 나를 발견한 주인이 음식이 있으니 같이 먹자고 하여 합석하게 되었다.

와인을 나누는 동안 누군가 삼바음악을 틀었다. 주인이 신나는 얼굴로 일어났다. 삼바의 나라 브라질 출신답게 그가 먼저 몸을 움직이기 시작했다. 그리고 여자 순례객의 손을 잡고 춤을 추었다. 좁은 공간이라 현란한 동작은 아니었지만 흥을 내기엔 충분했다. 그가 교대로 손을 잡아 주는 통에 나도 춤을 추고 말았다. 제목도 가사도 모르는 음악, 잘 추지 못하는 춤이지만 이렇게 순례객들이 서로 느낌으로 통하는 순간이면 참 행복해진다.

외인, 삼바음악과 함께한 즐거운 시간. 국적과 나이를 초월해 우린 친구가 되었다.

─ DAY. 27 / 5월 1일 ─

리바디소
(Ribadiso)

▲ 25km

START
팔라스 데 레이
(Palas de rei)

아내 컨디션이 좋지 못했다. 목적지가 가까워졌기 때문일까. 긴장으로 팽팽했던 몸이 자주 고통을 호소한다. 다신 짐을 부치지 않겠다고 다짐했지만 오늘은 어쩔 수 없을 것 같다. 산티아고를 앞두고 아내가 무너지는 것보단 이렇게라도 가는 편이 나을 것이다. 새벽부터 내린 비 때문인지 아내 걱정 때문인지 내 마음도 무겁게 가라앉았다.

그런데 알베르게 주인이 짐 부치는 과정을 잘 몰랐다. 이곳을 운영한 지 얼마 안 되었으니 그럴 만도 하다. 여러 번 반복해서 알려 주자 간신히 알아들었다. 그는 택배 회사와 연락이 안 되면 자기가 직접 갖다 주겠다고 했다. 지난밤 기분 좋은 순간을 함께한 그와도 아쉽게 작별했다.

비가 그칠 기미가 보이질 않았다. 그래도 오늘 걷는 길은 대부분이 평평한 숲길이다. 험난한 산기슭이 아닌 게 얼마나 다행인지. 아내의 기색을 살피며 걷는데, 상태가 좋지 않았다. 등 뒤가 조여 오는 것처럼 아프다고 한다. 좀 편하게 해 주려고 짐을 부친 건데 통증이 더 심해지니 큰일이다. 중간에 차 한 잔을 마시며 잠시 쉬었다. 아내는 내가 걱정하는 걸 아는지 한결 나아졌다고 했다. 다행이다 싶으면서도 어서 목적지로 가 아내를 쉬게 해야겠다는 생각이 들었다.

오늘 걷는 코스는 특별한 변화가 없는 산길이다. 잡목들이 우거져 있고 소목장의 목초지가 펼쳐져 있다. 길의 질퍽거림은 어느 곳이나 비슷했다. 멜리데, 카스타네다, 포르텔라를 차례로 지나 라바디소에 도착했다.

오늘 묵게 될 곳은 오래된 순례자 병원 중 하나를 개축한 것이다. 이 사실을 미리 알았더라면 이곳에 들지 않았을 것이다. 샤워실과 침실이 떨어져 있는 데다 시설이 낡고 불편했다. 편히 쉬어야 내일 좋은 컨디션으로 걸을 수 있을 텐데 아쉬웠다. 어쨌거나 아내 먼저 씻고 쉬게 했다.

그런데 짐 도착이 늦었다. 한참을 기다려도 오지 않아 알베르게 직원에게 연락을 부탁했더니 금방 온다고 했다. 택배 회사와 연락이 안 된 모양이었다. 곧 그가 짐을 들고 나타났다. 오늘 아침에 헤어지고 여기서 또 만나게 되니 반가웠다. 이곳까지 짐을 들고 와 준 그가 고마워 함께 밖으로 나가 맥주를 샀다.

– DAY. 28 / 5월 2일 –

알베르게에 주방이 없어서 근처 바에서 빵과 우유로 아침을 대신했다. 오늘도 비가 내린다. 출발부터 비가 오면 배낭이 더 무겁게 느껴진다. 자욱한 안개를 뚫고 산기슭을 올랐다. 정상에 도착했지만 아래 풍경을 볼 수가 없었다. 굴뚝과 첨탑 등 건물의 윗부분만 보일 뿐이다.

신발에 빗물이 조금씩 스며들기 시작했다. 배낭의 무게도 갈수록 어깻죽지를 조여 왔다. 아내도 나도 말이 없었다. 자꾸만 더뎌지는 발걸음을 재촉할 뿐이었다. 내일이면 드디어 종착점 산티아고다. 하루만 더 걸으면 된다. 마지막까지 잘 참고 견뎌야 할 것이다.

살세다를 지나 우린 한 순례자를 기리는 기념석 앞에 섰다. 기예르모 와트. 그는 열악한 환경 속에서 이 길을 걷다 산티아고를 목전에 두고 세상을 떠난 순례자다. 마지막 순간까지 얼마나 애타게 그곳에 닿기를 갈구했을까? 잠시 그의 기념석 앞에서 묵념을 드렸다. 그의 못다 이룬 순례길의 아쉬움을 생각하면서.

오늘의 목적지는 아르카 도 피노다. 그런데 다 와서 헤매고 말았다. 마을로 들어서야 하는데 길을 잘못 든 것이다. 지나가는 차를 세워 알베르게 위치를 물으니 여인이 웃으며 이미 지나왔다고 했다. 얼마나 낙담했던지. 목적지를 향해 걷는 것보다 왔던 길을 되돌아가는 것이 훨씬 힘들다. 비에 젖은 생쥐 꼴로 멍하게 서 있던 우리 마음을 읽은 것일까. 운전자가 선뜻 알베르게에 데려다주겠다고 했다. 정말 구세주를 만난 듯 기뻤다. 친절한 스페인 여인. 주소를 적어 두지 못해 안타깝다. 고마운 분의 도움으로 오늘도 무사히 순례를 마쳤다.

– DAY. 29 / 5월 3일 –

산티아고 데 콤포스텔라
(Santiago de compostela)

▲ 20.1km

START
아르카 도 피노
(Arca do Pino)

순례 마지막 날. 보통 때처럼 6시 무렵 일어나 7시에 출발할 예정이었다. 그러나 순례객들이 새벽같이 일어나 주섬주섬 배낭을 챙겼다. 다른 때라면 아직 자고 있어야 할 아내도 먼저 일어나 나를 깨웠다.

"다들 준비하는데 우리도 어서 가요."

아내의 재촉에 몸을 일으켰다. 우리가 배낭을 챙기는 동안 순례객들이 하나둘 알베르게를 떠났다. 그 모습에 아내가 조급해 했다.

"12시 전엔 도착할 테니 걱정 마."

산티아고를 코앞에 두고 아내의 마음이 들뜬 것 같다. 나도 마찬가지였다.

어제는 비가 내리더니 오늘은 비에 바람까지 가세했다. 바람이 어찌나 세게 부는지 우산이 휘어질 정도다. 비바람을 뚫고 순례객들이 종종걸음 친다. 누가 기다리는 것도 아닌데 다들 빨리 도착하고 싶은 모양이다. 고소산 중턱의 마을 성당에서 마침 일요 미사를 드리고 있었다. 함께 미사를 드리고 다시 걷기 시작했다.

산티아고 데 콤포스텔라에 가까워질수록 발걸음이 빨라졌다. 29일 동안 우린 무엇을 얻기 위해 이곳까지 기도하며 걸어 왔던가. 마침내 산티아고에 입성하자 가슴이 뻥 뚫린 것처럼 시원해졌다. 그리고 그동안 힘들었던 모든 순간과 내 안의 낡은 자아가 눈처럼 녹아 흘러내렸다.

'드디어 해냈구나! 우리가 해냈다!'

뻥 뚫렸던 가슴에 이내 감격이 차올랐다. 아내와 나는 개선문을 통과하듯 당당하게 대성당을 향해 걸어갔다. 모든 사람이 우리를 환호해 주는 것 같았다. 긴 여정을 통과해 산티아고에 도착한 순례자들 모두 나와 같은 기분이었으리라.

성당 앞 광장엔 이미 어마어마한 인파가 모여 있었다. 대성당 주위 알베르게에 짐을 내려놓고 다시 나왔다. 정오 미사를 드리러 성당 안으로 들어가니 순례객과 관광객들로 발 디딜 틈이 없었다. 우린 혹시 있을지 모를 자리를 찾아 안쪽으로 들어갔다. 하지만 역시 자리는 없었다. 하는 수 없이 서서 미사를 드리기로 했다.

그때 안내소 직원으로 보이는 여자가 다가와 우리에게 미소 지었다. 그리고 자리가 있으니 따라 오라고 했다. 여자를 따라 사람들을 헤치고 안으로, 안으로 들어갔다. 거짓말처럼 꼭 두 자리가 비워져 있었다. 편하게 앉아서 미사를 드리겠구나 싶어서 무척 기분이 좋았다. 의아한 생각이 든 건 여자가 사라진 뒤였다. 그녀는 누구이기에 군중 속에 파묻혀 있던 우리에게 다가와 이 자리를 내준 것일까.

어쩌면 이건 주님이 주신 선물일지도 몰랐다. 순례길 내내 묵주기도를 하고, 사람들의 발을 치료해 주며 왔으니 마지막 미사는 편안하게 앉아서 보라는 그분의 배려……. 아내와 나는 감사한 마음으로 두 손을 마주 잡았다. 장엄한 성당 안, 수녀님의 찬송가로 미사가 시작되었다.

미사가 끝난 뒤 순례객들이 차례로 단상 위에 세워진 야고보상을 껴안으며 소원을 말하는 시간을 가졌다. 아내와 나도 계단을 타고 단상으로 올라갔다. 무슨 소원을 말해야 할까. 차례를 기다리며 진지하게 생각했다.

'인생 제2막을 시작합니다. 지금부터 눈 감는 마지막 날까지 보람 있게, 그리고 후회 없이 살다 가고 싶습니다. 그러한 삶을 살 수 있는 용기를 주세요.'

나는 간절한 마음으로 기도하며 야고보를 뒤에서 힘껏 껴안았다.

성당 밖으로 나가자 하나둘 아는 얼굴이 보였다. 지치고 힘든 여정 속에서 서로를 위로하고 격려해 준 이들이었다. 우리는 서로 얼싸안고 무사히 순례를 마친 것을 축하했다. 내 인생에서 오래도록 아름다운 기억으로 남을 것 같은 하루였다. 길 위의 형제들이 모두 건강하기를! 그들을 향해 기쁘게 웃으면서도 내 마음은 그러한 기도를 드리고 있었다.

노란 화살표를 따라 쉼 없이 걸어온 길의 끝에서 우리들은 마음껏 웃었다.

- 길 위에서 -

— DAY. 30 / 5월 4일 —

피스테라
(Fisterra)

800km를 걸어온 우리에겐 더 걸을 길이 남아 있지 않았다. 그래서 인지 긴장이 풀려 늦잠을 잤다. 오늘은 피스테라로 간다. 어제 터미널 위치를 미리 알아 두어서 쉽게 찾을 수 있었다. 터미널에 10시 무렵 도 착했는데 피스테라행 버스는 오후 1시에 있었다. 짐을 모두 챙겨 나오 는 바람에 터미널에서 기다려야 했다.

순례 중 같은 알베르게에서 묵었던 한국인을 만났다. 그는 벌써 피스 테라에 다녀오고 오늘 마드리드로 간다고 했다. 발목이 아프다고 해서 살펴봤더니 잔뜩 부어 있었다. 침과 뜸으로 치료를 시작했다. 우리와 같이 차를 기다리고 있던 프랑스인이 동양 의술이 신기했던 모양이다. 사진 한 번 찍어도 되냐고 묻기에 그러라고 했다. 침 치료를 받은 한국 인이 발목이 훨씬 편해졌다고 한다. 다행이다. 마지막 일정까지 건강 하게 마치기를 바란다.

피스테라까지는 3시간쯤 걸렸다. 먼저 알베르게를 정하고 대서양이

내려다보이는 등대 쪽으로 향했다. 비가 내리고 바람도 거셌다. 스페인의 땅끝 피스테라. 순례자들은 이곳에서 자신의 신발과 옷가지를 태우는 의식을 치른다. 이러한 전통이 언제부터 시작되었는지는 모르겠다. 피스테라 등대 부근에는 뭔가 태운 흔적들이 많았다.

오늘은 비 때문에 의식을 치르지 못하겠다 싶었는데 바위 틈바구니에 불을 피우고 둘러앉은 이들이 있었다. 가까이 가 보니 한국 여인들이었다. 저렇게까지 하는 게 신기할 정도였다. 그들이 순례의 길 끝에서 태워 버린 것은 무엇이었을까? 아내와 나는 말없이 드넓은 대서양을 바라보았다. 그리고 남은 인생을 어떻게 살아가야 할지에 대해 고민했다. 이제 다시 새로운 여정의 시작이다.

더 이상 갈 곳이 없는 순례길의 마지막 종착지 피스테라. 그 끝엔 대서양이 펼쳐져 있었다.

- 길 위에서 -

– DAY. 3l / 5월 5일 –

피스테라는 카미노의 끝을 기념할 수 있는 곳일 뿐 아니라 대서양의 아름다운 바다와 자연 풍경을 감상할 수 있는 곳이다. 오늘은 날씨가 좋아 주위를 둘러볼 수 있었다. 해안가의 풍경이 특히 좋았고 야산에 핀 꽃들도 볼 만했다. 해안가에는 고즈넉한 주택들이 중간중간 있었고, 바다엔 요트들이 떠 있었다. 하루 더 묵을 생각이었지만 알베르게에 습기가 많고 더는 볼거리가 없을 것 같아서 망설이다 산티아고로 돌아가기로 했다.

해변가의 노천시장에 들러 아내를 위한 작은 크기의 배낭 하나를 샀다. 물건을 파는 흑인에게 어디에서 왔냐고 물었더니 케냐라고 한다. 스페인에서 케냐인이 장사를 하고, 그가 파는 상품은 중국에서 왔다는 사실이 재밌었다. 주변이 한가로운 것을 보니 일부 순례객만 여기를 들렀다가 가는 모양이다.

산티아고로 돌아와 알베르게에서 퇴직한 프랑스인 2명과 맥주를 마셨다. 둘 다 60대 초반의 남자로 프랑스 뿌앙뜨듀하(Pointe du Raz)에서 산티아고까지 75일 동안 2,000km를 걸어왔단다. 진실로 삶을 즐기고 있는 친구들이다. 내가 맥주 한 잔을 사려고 했는데 그들은 더치페이가 편한가 보다. 자기가 마신 술값은 자기가 지불한다. 그것이 서로에게 부담 없는 좋은 문화일 수도 있겠다. 어쨌거나 함께 즐거운 시간을 보냈다.

- 길 위에서 -

- DAY. 32 / 5월 6일 -

산티아고에서 하루 더 머물렀다. 그런데 대성당 말고는 딱히 갈 곳이 없었다. 근처 시장에 들러 보았지만 장사를 하는 이들이 별로 없었다. 보통 시장에 가면 왁자지껄한 모습을 볼 수 있는데 여기는 그렇지 않다. 찾는 사람이 별로 없어서인가. 어쩌면 우리가 시간을 잘못 맞춰 갔기 때문일 수도 있겠다.

순례객들을 위한 12시 미사가 있었지만 우린 10시 미사를 드렸다. 성당을 나오며 아내가 한기가 든다고 했다. 피로가 누적된 상태에서 긴장을 풀지 못한 까닭이다. 서둘러 알베르게로 돌아와 두어 시간 자게 한 다음 누룽지와 약을 먹였더니 몸이 한결 나아졌다.

- DAY. 33 / 5월 7일 -

오늘은 바르셀로나로 간다. 아침 일찍 죽을 끓여 먹고 터미널로 이동했다. 알베르게를 터미널 부근에 잡아 두어, 걸어서 10분 거리였다. 버스를 타고 공항으로 가서 9시 반 비행기를 탔다. 비행시간은 1시간 정도였다.

숙소는 바르셀로나 산츠역 부근의 민박집으로 정했다. 한국인이 운영하는 곳이라 한식을 먹을 수 있다는 점에서 끌렸다. 민박집에 도착해서 주인에게 점심을 부탁했더니 떡라면과 밥, 김치를 내주었다. 오랜만에 먹는 김치가 너무 맛있었다. 역시 한국인과 김치는 떼려야 뗄 수 없는 사이인가 보다.

식사를 마치고 대성당이 있는 부근 피카소미술관에 들렀다. 유명한 작품은 거의 없고 피카소의 유년기, 청년기에 스케치했던 소품만이 전시되어 있었다. 바르셀로나 대성당 앞 광장에서는 거리의 악사들이 노래를 부르고 악기를 연주했다. 골목에서 울려 퍼지는 아름다운 음악은 여행자의 피로를 풀어 주기 충분했다. 옛 흔적인 고스란히 남아 있는 구시가지의 거리는 그 자체로 충분한 볼거리였다. 이 고풍스러운 거리는 언제가 꼭 다시 들러 걷고 싶다는 생각이 든다. 카페에 들러 마시는 맥주 한 잔이 더없이 시원했다.

– DAY. 34 / 5월 8일 –

가우디의 작품을 관람하는 시내 투어를 신청했다. 오후 1시 사그라다 파밀리아 역 부근에서 가이드와 만나기로 되어 있었다. 우리는 미리 가서 햄버거를 먹으며 기다렸다. 한국 학생들이 근처를 서성이기에 말을 붙였더니 마침 우리와 같은 투어를 신청했다고 한다. 입담 좋아 보이고 키가 훤칠한 가이드가 제시간에 나타났다.

가장 먼저 간 곳은 사그리다 파밀리아 성당이다. 예수의 열두 제자를 상징하는 12개의 종탑과 돔이 창공을 찌를 듯 솟아 있는 성당의 외부도 인상적이었으며, 스테인드글라스가 반짝이는 내부 또한 장관이었다.

가우디는 1883년부터 공사를 맡아 74세로 죽기 직전까지 열정을 쏟았다. 이 대공사는 1882년부터 진행 중이며 2026년에 완공 예정이다. 성당 정문에는 3개의 문이 있는데 왼쪽은 소망, 가운데는 믿음, 오른쪽은 사랑을 의미한다고 한다. 또 정문 위에는 예수님의 어린 시절 모습이 조각되어 있으며, 그 맞은편 문 위에는 고난을 당한 시절 모습이 새겨져 있다. 앞으로 건축될 부분에는 부활하는 모습이 조각으로 새겨질 예정이다. 2026년 완공을 목표로 하고 있지만 언제 끝날지는 공사 책임자도 장담하지 못한다고 한다. 완공된 후 한 번 더 보고 싶을 뿐이다.

성당을 둘러본 뒤 가우디가 설계한 건물들을 몇 개 더 보았다. 까사밀라, 까사바뜨요, 그리고 그의 처녀작인 까사비센스. 곡선으로만 이루어진 건물 디자인이 독특했다. 마지막으로 그의 후원자인 구엘의 이름을 딴 구엘 공원에 들렀다. 참 대단한 건축물들이었다. 바르셀로나는 가우디의 도시라고 해도 과언이 아니다.

- DAY. 35 / 5월 9일 -

오늘은 마드리드로 간다. 마드리드행 1시 열차에 몸을 실었다. 원래 3시 10분 도착 예정이었던 열차에 문제가 생겨 4시가 다 되어 도착했다. 게다가 마드리드 중심지에 있을 거라고 예상했던 호텔이 시 외곽에 있었다. 어렵게 호텔을 찾아 여장을 풀고 나니 아내가 속이 좋지 않은 것 같았다. 이럴 땐 한국 음식을 먹고 속을 푸는 게 제일인데……. 인터넷으로 검색해 보니 근처에 한식집이 있었다. 찾아가는 길에 용케 도 현지 한국인을 만나 식당을 안내 받았다. "좀 어때?" 내 말에 아내 는 한국 음식을 먹으니 속이 좀 진정되는 것 같다고 했다.

그곳에서 한국인 가이드를 만났다. 반갑게 얘기를 나누다가 그가 내 일 일정을 물었다. 미술관에 가 보려고 한다는 말에 톨레도를 추천해 주었다. 내일은 스페인에서의 마지막 날이다. 그 덕분에 알차게 일정 을 마무리할 수 있을 것 같아 고마웠다. 식사를 마친 뒤엔 바로 호텔로 돌아와서 일찍 쉬었다.

– DAY. 36 / 5월 10일 –

톨레도는 마드리드 외곽에 있었다. 열차를 타고 한 번 환승해서 도착 했다. 톨레도는 삼면이 타호강으로 둘러싸인 요새도시였다. 작은 관광 열차로 요새 주위를 돌며 미로 같은 도시 안으로 들어갔다. 먼저 군사 박물관 알카사르에서 스페인의 역사를 살펴보았다. 그리고 점심을 먹 은 뒤 톨레도 대성당을 보러 갔다. 대성당을 본 다음 3시 25분 열차를 타고 떠날 요량이었다. 그런데 스페인 가톨릭의 총본산인 그곳을 제대 로 보려면 하루는 걸릴 듯했다. 볼거리가 어마어마하게 많았다. 2시간 정도 시간을 보내고 아쉬운 마음으로 대성당을 나섰다. 열차표를 미리 예매해 두어 어쩔 수 없었다. 다음에 또 기회가 있겠지…….

마드리드로 돌아와 7시에 투우를 보러 갔다. TV나 사진을 통해서만 접했던 투우를 직접 본다고 생각하니 괜히 긴장이 되었다. 아내와 나는 호기심 반, 걱정 반으로 원형 경기장 안을 숨죽여 바라보았다. 시간이 되자 누군가 소의 무게가 적힌 팻말을 들고 나왔다. 곧 514kg의 우람한 검정 소 한 마리가 경기장 안으로 뛰어나왔다. 이어진 장면들은 차마 보기가 괴로울 정도였다. 투우사들이 붉은 천으로 번갈아 가며 소를 유인했다. 그리고 창과 칼로 소를 찔렀다. 목과 어깨 등에 상처를 입은 소는 지칠 대로 지치고 피도 많이 흘렸다. 마지막엔 이 무대의 주역이라 할 수 있는 투우사 '마타도르'가 등장한다. 붉은 천과 검을 들고 나타난 그는 소의 숨골을 찔러 즉사시켰다. 이런 과정을 반복하며 소 4마리가 죽어 나갔다.

투우는 스페인 문화지만 그토록 잔인하게 죽어 가는 소의 모습에서 투우 애호가들은 어떤 쾌감을 느끼는 것일까? 직접 보고 나니 동물애호가들이 반대할 만하다는 생각이 든다. 다시는 보고 싶지 않다. 한 번 본 것으로 족하다.

스페인 산티아고 도보 여행을 끝내며

    산티아고로 다시 도보 여행을 떠나자고 했을 때 아내는 기가 막힌다는 표정을 지었다. 그리고 가고 싶으면 당신 혼자 가라고 했다. 한 차례 도보 여행을 통해 그것이 주는 기쁨을 알게 되었지만, 얼마나 힘든지도 알게 되었기 때문이다.

    처음 국내 도보 여행을 가자고 했을 때도 아내는 싫다고 고집을 부렸다. 하지만 결국 못이기는 척 나를 따라왔다. 이번에도 나는 절대 후회하지 않게 해 주겠다고 열심히 아내를 설득했다. 아내는 또 못이기는 척 따라나섰다.

    하지만 여행을 마친 뒤 아내는 나보다 더 기뻐했다. 어려움을 극복했다는 성취감, 걸으면서 만난 새로운 세상과 사람들 덕분이다. 아내는 요즘 만나는 모든 사람들에게 그때 이야기를 한다. 가기 싫다고 할 땐 언제고 이젠 저렇게 자랑스럽게 말하고 다니다니, 그런 아내가 좀 귀엽게 느껴진다. 두 번의 여행을 통해 아내는 도보 여행의 매력에 푹 빠져 버렸다. 그래서 내가 현재 준비하고 있는 국내 천주교 성지 100여 곳을 둘러보는 도보 여행에도 깊은 관심을 보인다. 이번엔 따라오지 말라고 해도 기어이 따라올 것 같다.

이번 여행에서 나는 특별한 선물을 많이 받았다. 일단 아내와 일생 동안 함께 나눌 얘깃거리가 생겼다. '추억은 일종의 만남이다.'라는 칼릴 지브란의 말처럼 우리 부부는 평생 아름다운 만남을 가질 수 있게 되었다. 그리고 순례자들과 길 위의 형제가 되어 함께한 시간은 오랫동안 내 가슴속에서 아름답게 빛날 것이다. 헤어질 때의 아쉬운 표정들이 잊히지 않는다. 언제 다시 만날지 모르겠지만 부디 각자의 삶 속에서 건강하게 살아가시라!

우리가 산티아고 여행을 준비하고 있을 때 함께 가고 싶어 하는 지인들이 꽤 많았다. 하지만 준비가 되지 않아 동참하지 못했다. 체력적인 한계를 느끼지 않도록 먼저 몸을 단련해야 하는데, 그 점이 미흡했던 것이다. 나는 이 길을 한 번 더 걸을 생각이다. 자녀들과 함께해도 좋고, 지인들과 함께해도 좋다. 대신 나와 함께 할 사람은 중간에 낙오하지 않도록 먼저 준비운동을 해야 할 것이다. 두 번째 순례길은 아마 음미하는 여행이 되지 않을까 한다.

마지막으로 딸에게 내 마음을 전하고 싶다. 산티아고에 있을 때 딸은 걱정을 무척 많이 했다. 그곳이 위험하다는 기사라도 본 모양이다. 딸에게서 매일같이 전화가 왔다. 우리와 연락이 닿아야만 안심하는 딸 때문에 나는 알베르게에 도착하면 제일 먼저 인터넷 연결을 확인하고 딸에게 메신저로 연락했다. 딸의 염려와 기도 덕분에 무사히 일정을 마칠 수 있었다. 고맙구나!

마음이 지칠 땐 두 다리로써 나아가라

　오랫동안 환자들을 치료해 온 내가 가장 보람을 느끼는 순간은 형편이 어려운 이들을 치료해 줄 때다. 돈을 받고 치료할 때보다 나를 필요로 하는 이들에게 봉사할 때 더 큰 보람을 느꼈다. 그래서일까. 나는 늘 먼저 환자를 찾아 나섰다. 한밤중에 급한 전화가 걸려 와도 당장 달려 나갔다. 결코 누군가에게 자랑하기 위함도, 얄팍한 자기만족을 위한 것도 아니었다. 다만 내가 봉사를 통해 삶의 목적과 보람을 찾았기 때문에 한 일이었다. 현재 나는 성직자들과 형편이 어려운 고혈압, 당뇨 등의 만성질환 환자들, 그리고 병원에서 치료가 잘 되지 않는 이들을 무상으로 치료해 주고 있다.

　나의 봉사는 참 가뿐하다. 다양한 도구가 필요한 외과와 달리 침과 뜸만 챙기면 어디서든 나만의 치료실이 열린다. 덕분에 외국에 나갈 때마다 봉사하는 기회를 얻었다. 나는 천주교인이라 수녀님들을 많이 치료해 드렸는데, 내게 치료받은 외국 수녀님들은 동양 의학을 신기하게 생각하셨다. 그 덕분일까. 이번 여행에서는 수녀님들이 나를 위해 기도를 많이 해 주셨다. 그분들의 기도 덕에 내가 무사히 여행을 마칠 수 있었다.

산티아고로 떠나기 전엔 응급상황이 발생할 때를 대비해 어디가 아픈지, 통증이 있는지 등을 물을 수 있는 스페인어를 추려서 외웠다. 그리고 실제로 많은 사람들의 상처를 봐 주고 치료했다. 내가 가진 능력을 다른 이들을 위해 사용할 수 있어서 기뻤다. 알베르게에서 다양한 사람들과 좀 더 쉽고 친숙하게 어울릴 수 있었던 건 내가 그들의 상처를 봐 주었기 때문인 것 같다. 그들은 우리 부부와 헤어질 때 몹시 아쉬워했다.

국내 도보 여행은 사실 산티아고의 준비운동 격으로 시작한 것이었다. 그런데 혹독한 일정이 되고 말았다. 나는 매일 땀을 한 바가지씩 쏟았고, 저녁이면 녹초가 되어 무너졌다. 죽음을 앞둔 독수리가 다시 살기 위해 낡은 자신을 완전히 깨부순 것처럼, 나도 매일 고통스러운 나날을 보냈다. 독수리의 부리와 발톱, 날개가 새로 돋아나듯 나도 새로워질 수 있을까? 자신을 무너뜨리면서도 확신할 수 없었다. 산티아고 순례길에서도 마찬가지였다. 하지만 이제 안다. 그 두 번의 선택을 통해 나는 과거의 낡은 내게서 많은 부분 탈피했음을. 그리고 텅 빈 공간으로 새로운 생각이 들어오고 있음을.

잡음이 사라진 머릿속으로 새로운 생각이 밀려들어 왔다. 나는 걸으면서 확실히 알게 되었다. 내게 환자들을 치료하는 것 이상의 기쁨은 없다는 것과 그들을 보다 잘 치료하기 위해선 더 많은 연구가 필요하다는 것. 그리고 여행을 마친 뒤엔 앞으로 해야 할 일들이 청사진처럼 뚜렷하게 떠올랐다. 나는 오랫동안 동서양의 기운을 통합해 치료에 적용하는 일을 고민해 왔는데 자연스럽게 그에 대한 실마리가 풀린 것이다. 현재 나는 새로운 치료실을 설계하고 있고, 그곳에서 환자들을 보다 효과적으로, 정성스럽게 돌볼 계획이다.

요즘도 난 매일 아침 봉화산 둘레길을 걷는다. 산티아고 순례길을 함께한 신발을 신고서. 나와 800km를 걸었던 신발은 좀 더러워지긴 했지만 아직 쓸 만하다. 12km를 빠르게 걸으면 2시간 40분 정도 걸린다. 그렇게 땀을 약간 흘리고 나면 몸이 상쾌하고 가뿐하다. 덩달아 머릿속도 정리가 된다. 오늘 하루 해야 할 일, 결정해야 할 일에 대한 마음의 준비를 마치게 되고, 고민거리를 해결하기도 한다. 반면 아침 운동을 가지 않고 하루를 시작하면 왠지 몸과 마음이 무겁다. 나는 환자들에게도 누워서 손과 발을 탈탈 터는 연습부터 하라고 말한다. 자기 몸 상태에 맞는 운동부터 시작하면 되는 것이다. 그래서 환자들을 치료할 때 침, 뜸과 함께 운동요법을 병행하고 있다. 건강한 몸을 가지려면 먼저 올바른 생활 패턴을 유지해야 한다.

생활 패턴이 기초다. 반복적으로 형성한 좋은 습관은 어려움을 이겨 내는 원동력이 된다. 사람들은 내가 매일 40km를 걸었다면 쉽게 믿지 않는다. 젊은 사람도 해내기 어려운 일이기 때문이다. 내가 강인한 체력을 갖췄다거나 남보다 뛰어난 운동신경이 있어서 그 일을 해낼 수 있었던 것이 아니다. 오랜 시간 단련한 몸이 그 모든 어려움을 이기게 했다. 산티아고 순례길을 다녀온 뒤 작가로 전향을 결심한『연금술사』의 저자 파울로 코엘료는 말했다. 당신의 마음이 지치면 두 다리로써 걸어 나가라고. 나도 말하고 싶다. 몸을 단련시키면 그 몸엔 맑은 정신이 깃든다고.

당신이 누구든, 나이가 몇 살이든, 어떤 어려움에 직면했든 상관없다. '걷기'가 당신을 다시 일으켜 줄 것이다. 한 달간 도보 여행을 떠날 수 있다면 좋겠지만 사정상 그것이 어렵더라도 좌절하지 말기를 바란다. 가까운 산, 학교 운동장, 자전거 도로 등을 매일 걸어라. 방 안에 콕 박혀서 고민만 하지 말고 걸으면서 땀을 흠뻑 흘려 보는 것이다. 단, 한 번으론 안 된다. 굳은 결심을 하고 매일매일 실천해야 한다. 그리고 그 단순하지만 위대한 결정이 당신의 삶을 어떻게 바꿔 나가는지 지켜보도록 하라.